www.mayabook.co.kr

www.mayabook.co.kr

www.mayabook.co.kr

퍼펙트 마이스터

퍼펙트 마이스터 ❻

지은이 | 서야
펴낸이 | 권순남
펴낸곳 | (주)마야 · 마루출판사

등록 | 2008. 1. 7(제310-2008-00001호)

초판 인쇄 | 2016. 7. 12
초판 발행 | 2016. 7. 14

주소 | 서울시 노원구 상계 1동 1049-25 신영산업 BD 602호
대표전화 | 02-2091-0291
팩스 | 02-2091-0290
이메일 | marubooks@hanmail.net

ISBN | 978-89-280-6918-7(세트) / 978-89-280-7168-5
정가 | 8,000원

잘못된 책은 교환하여 드립니다.
저자와 협의하여 인지를 붙이지 않습니다.

「이 도서의 국립중앙도서관 출판시도서목록(CIP)은 서지정보유통지원시스템 홈페이지(http://seoji.nl.go.kr)와 국가자료공동목록시스템(http://www.nl.go.kr/kolisnet)에서 이용하실 수 있습니다.」
(CIP제어번호:CIP2016016828)

퍼펙트 마이스터

MAYA & MARU MODERN FANTASY STORY
서야 현대 판타지 장편소설

6

❇목 차❇

제1장. 조우 …007

제2장. 원정대의 시작 …037

제3장. 바하트 계곡 …067

제4장. 블랙 드래곤 …101

제5장. 고대 신전 (1) …135

제6장. 고대 신전 (2) …167

제7장. 지그에논 왕국 …199

제8장. 함께한다는 것의 의미 …229

제9장. 커크 상단 …259

제10장. 후지이라 가문 이야기 …289

제1장

조우

김춘추 일행은 트롤들에게 붙잡혀 그들이 사는 부락, 아니 마을로 끌려갔다.

마을은 생각보다 굉장히 컸다.

더구나 마을 주변은 높은 담으로 둘러싸여 있었는데, 그 쌓아 놓은 모양새가 단순하지 않고 매우 복잡했다.

보통 트롤들은 주술사와 부족장을 중심으로 부락을 형성해서 산다고 알려져 있다. 그런 만큼 어느 정도 인간들 흉내를 내면서 마을의 주변에 말뚝을 박아 담을 세운다.

하지만 지금 김춘추 일행이 보는 담은 단순히 말뚝을 박아 세운 담이 아니다. 정교하게 잘려진 돌로 7미터나 높게 쌓여 있었다.

이런 돌들로 만들어진 담이 마을 전체를 둘러싸고 있으니 이건 뭐, 난공불락이나 다름없었다.

'돌들이 매끄럽게 잘려 있어.'

김춘추는 담을 이루고 있는 돌을 바라보면서 감탄했다.

지금 그들이 끌고 온 트롤들은 단순한 트롤들이 아니었다. 하지만 그들을 데려온 트롤대장 알로나 트롤 부하들을 보면 이런 담과 마을 규모가 언밸런스하게 느껴진다.

'음, 주술사를 만나 봐야 알겠지.'

김춘추는 자신의 일행을 바라보았다. 그들 역시 마을 입구에서부터 엄청난 위화감을 느끼고 있었는지, 표정들이 생생하게 떠올라 있었다.

"오홍, 재미난 일이네용."

단 한사람, 아니 한 엘프. 아그레스만은 무엇이 재미난지 실실거리면서 웃었다.

김춘추는 그녀의 말에 한 가지 분명한 사실을 깨달았다.

적어도 지금 아그레스는 김춘추의 편이 되어 줄 마음이 없다는 것. 그녀는 김춘추가 어떻게 이 난관을 극복하고 트롤들에게서 벗어날지를 구경하고 싶어 했다.

김춘추는 자신도 모르게 고개를 저었다.

아그레스는 김춘추 이외의 사람들이 합류한 이후 그저 자신을 좋아하는 엘프의 역할만 충실히 할 뿐이었다.

'그래도 트롤들이 다가오는 것은 알려 줬으니. 이 정도로

만족해야겠지.'

그때, 김춘추의 눈빛이 매서워졌다. 트롤대장 알로가 김춘추에게 다가왔기 때문이다.

"인간, 너는 날 따라와."

"다른 일행은 어디로 가는가?"

알로는 김춘추의 말에 비릿한 웃음을 지어 보였다.

"네 목숨이나 걱정하시지."

"제가 노력해 볼게요."

리디아가 김춘추에게 나지막이 속삭였다. 그를 빼고 나면 이들 일행 가운데서는 4서클 마법사인 리디아가 가장 힘이 강했다.

루돌프의 경우, 마법사가 아닌 무술을 익힌 기사였지만 그렇다고 무위가 아주 뛰어난 자도 아니었다.

말 그대로 여동생의 빼어난 미모 덕에 남작이란 지위를 꿰찬 셈이다.

"저등 지켜 주세용."

아그레스가 몸을 비비 꼬면서 리디아에게 말했다.

리디아는 한숨을 살짝 쉬었다.

사실 그녀도 아그레스가 드래곤이라는 사실을 알고 있었다. 이미 지구에서 김춘추에게 그간 판테온에서 있었던 일들을 낱낱이 들었기 때문이다.

물론 캘리 공녀가 루머스 제국 황제의 후처인 것까지도

말이다.

"그레이아 님도 지켜 드리죠. 대신 제가 힘에 부칠 때는 절 조금만 도와주세요."

"아잉, 그 정도는 하쫑."

리디아는 짐짓 아그레스의 정체를 모르는 척, 친절하게 답변했다.

뻔히 서로가 알면서도, 아그레스는 리디아에게 아양을 떨었다.

김춘추로서는 그 광경이 다소 오글거렸지만, 한편으로는 다행이라는 생각이 들었다.

리디아가 제법이다.

역시 황녀답게 처신술이 뛰어났다.

'아그레스 걱정은 덜었군.'

김춘추는 리디아에게 살짝 미소를 지어 보였다.

두근두근.

그 미소에 리디아는 순간적으로 볼이 붉어졌다.

"어서 가자."

알로는 우악스러운 손길로 김춘추의 뒷덜미를 잡아챘다.

타악.

순간, 김춘추는 그가 잡아챈 방향으로 몸을 날려 알로의 손길을 치고 한 바퀴 공중제비 돌기를 했다.

"내 발로 간다."

그러고는 낮게 속삭였다.

"…이 인간이!"

자신에게 무슨 일이 일어났는지 몰라 멍한 표정을 짓던 알로의 얼굴은 이내 붉으락푸르락해졌다.

김춘추는 일부러 그런 알로를 자극했다.

"나를 네 힘으로 데려갈 수 있을까?"

우지직.

알로의 팔 근육이 부풀어 오른다. 싸움에 응할 태세였다.

안 그래도 김춘추가 하는 행동이 거슬렸던 참이다.

사실 알로는 포로들 중에 있던 엘프가 마음에 들었다. 한참 데리고 놀다가 여차하면 먹어 버리면 그만이었다. 물론 주술사 모르게.

이것저것 방해하는 주술사 때문에 알로는 폭발 직전이었다. 트롤 고유의 성질을 죽이느라 많이 참고 있었던 것이다.

"어디 한번 해보자."

알로는 자신감에 찬 표정으로 김춘추를 가소롭게 내려다보았다.

저벅저벅.

트롤들도 기대를 하는지 슬슬 뒷걸음쳤다. 이들이 싸울 수 있도록 공간을 만들어 주기 위해서였다.

일촉즉발.

김춘추와 알로는 서로를 노려보았다.

다음 순간, 누가 먼저라고 할 것도 없이 상대를 향해서 달려들었다.

먼저 알로의 굵직하고 거대한 팔이 김춘추의 안면을 강타했다. 하지만 이미 김춘추는 그 자리에 없었다. 알로에게 달려가는 동시에 몸을 띄워 그의 어깨에 올라탔기 때문이다.

하악!

김춘추는 일부러 기합 소리를 크게 내면서 주먹으로 알로의 목을 연신 강타했다.

허우적허우적.

선공을 당한 알로의 팔은 허공을 애처롭게 갈랐다.

하지만 이대로 당하고 있을 그는 아니다.

알로가 누군가. 트롤들의 대장, 그들 중 가장 강한 트롤이 아니던가.

알로는 허리춤에 있던 단검을 꺼내서 곧바로 자신의 어깨에 올라탄 김춘추를 향해서 찔러 댔다.

폴짝.

하지만 김춘추는 여유롭게 알로의 공격을 피해 그의 머리 위로 뛰어올랐다.

멈칫.

단검이 자신의 목을 찔러 대기 일보 직전에 알로는 동작을 멈추었다.

'감각은 뛰어나군.'

김춘추는 알로의 반사 신경만큼은 인정했다.

보통 찌르는 힘을 이기지 못하는데, 그 와중에 자신의 힘을 제어할 수 있다는 게 놀라웠다.

"인간, 너 죽는다!"

열 받았는지 알로는 자신의 머리를 쥐어뜯기 시작했다. 하지만 이미 김춘추는 그 자리에 없었다.

"쥐새끼 같은 놈!"

알로가 고함을 질렀다.

김춘추는 그의 앞에서 여유롭게 웃으면서 말했다.

"이번엔 내 차례야."

그는 자신의 주먹에 2서클 정도의 신체 강화 마법을 사용했다.

한바탕 알로의 몸과 대면함으로 인해 그의 약점이 오른쪽 가슴, 심장 부근이라는 것을 알아냈던 것이다.

굳이 4서클의 마법을 사용하지 않아도 이 정도면 충분했다. 상대가 무릎을 꿇게 하기에는.

"피하지 말고 덤벼!"

알로는 손가락을 까닥거리면서 김춘추를 내려다보았다.

김춘추가 그런 알로에게 달려들었다.

알로 역시 가만있지 않았다.

양손에 단검과 도끼를 들고, 자신을 향해 달려오는 김춘추를 향해서 휘둘렀다.

이 상황이라면 잘못 맞아도 사망이다.

슈슈슉.

휘익.

단검과 도끼가 바람을 가로지르며 날카로운 소리를 냈다.

하지만 그것들은 제 역할을 하지 못하고 그저 바람을 가를 뿐이었다.

알로의 표정에서 초조함이 전해져 왔다.

'지금이다.'

김춘추는 알로의 오른쪽 가슴을 향해서 전속력으로 몸을 내달렸다. 그리고 일격을 가했다.

퍽!

크허허허헝!!

단 한 번의 가격.

그리고 이어진 알로의 비명.

쿠웅.

알로의 무릎이 바닥에 닿았다.

고통스러운 얼굴이었다.

저벅저벅.

김춘추는 알로에게 다가갔다.

"차라리 날 죽여라."

알로가 굴욕에 젖은 표정으로 말했다.

그토록 공격을 했건만, 단 한 방으로 무너진 자신이 못내 치욕스러웠다.

김춘추가 이죽거렸다.

"아깝군. 널 죽일 시간이 없네."

"뭐, 뭐라고?"

알로가 어처구니없는 표정을 지었다.

"너네 주술사인지 뭔지가 내 등 뒤에 서 있거든."

그렇게 말하면서 김춘추는 뒤를 돌아보았다.

순간, 알로의 얼굴에는 치욕보다 더한 두려움과 공포감이 스며들었다.

김춘추의 말대로, 그의 뒤에는 한 사람이 서 있었다.

'예상대로군.'

김춘추는 트롤의 마을을 보고 확신했다.

자신들을 데려오라던 트롤의 주술사는 트롤이 아니라고 생각했다.

적어도 인간 혹은 드래곤이다.

김춘추는 주술사를 바라보았다. 그러면서 자신과 함께 온 일행의 반응을 살폈다.

그 누구도 트롤들의 주술사가 인간인 것에 대해서 아무런 반응도 보이지 않고 있었다.

이는 상당히 부자연스러운 일이었다.

그렇다는 것은 이들의 눈에는 주술사가 인간이 아닌 트롤로 보인다는 것일 게다.

-인간이군요.

김춘추는 주술사에게 텔레파시를 보냈다.

-별로 안 놀라는 눈치군.

주술사 역시 미소를 띤 채 텔레파시로 대꾸했다. 그러고는 일행에게 들으라는 식으로 말했다.

"이자는 내 거처로 데려간다."

"주술사님, 이 알로는 아직 승복하지 못했습니다."

트롤대장 알로는 여전히 심장 부근이 아픈지 끙끙대면서도 주술사에게 청을 넣었다.

주술사가 그런 알로를 보면서 온화하게 말했다.

"이미 자네는 죽었어."

"죽었다니요? 저는 아직 멀쩡하게 살아 있습니다. 제가 죽기 전엔 죽은 것이 아닙니다."

"그렇게 보일 뿐이지. 저 친구가 제대로 마법을 사용했더라면 자네 심장은 단지 욱신거리는 정도가 아니라 파열되고 말았을 걸세."

"……"

주술사의 말에 알로는 반박하지 못했다.

"왜 안 죽였나?"

주술사는 김춘추에게 질문했다. 그러자 김춘추는 무덤덤한 표정으로 대답했다.
"죽이고 싶지 않았을 뿐."
"그렇겠지. 싸움은 자네가 걸었으니까."
평온한 주술사의 말에 김춘추는 시큰둥하게 대꾸했다.
"그런가?"
"굳이 싸움을 건 이유가 뭔가?"
"누구처럼 심심해서."
"반박할 말이 없군. 이만 들어가지."
"그러지."
김춘추는 주술사의 뒤를 쫓아갔다. 물론 그사이, 리디아에게 걱정하지 말라는 언질을 주었다.

주술사가 머무는 공간은 생각보다 조촐했다.
보통의 트롤 주술사들은 자신들의 공간에 뭔가 주렁주렁 달아 놓는 것을 좋아한다.
그것들이 자신들에게 힘을 준다나.
하지만 김춘추의 눈앞에 있는 주술사의 방은 매우 검소하고 아무런 장식도 없었다.
주술사가 내미는 차를 홀짝거리면서 김춘추가 말했다.
"인간 맞군."
주술사가 빙그레 웃으면서 마주 대꾸했다.

조우 • 19

"그러는 자네도 인간 맞군."

"왜 트롤 행세를 하지?"

"이미 자네가 말하지 않았던가. 그저 심심해서라고 해 두지."

"그렇군."

김춘추는 눈앞의 주술사를 바라보면서 고개를 끄덕였다.

사실 주술사의 본모습은 김춘추만이 간파하고 있었다.

다른 트롤들이나 일행의 눈에 그의 외양은 영락없는 트롤이었다.

'아그레스 덕분인가? 반지 덕인가.'

주술사를 바라보면서 김춘추는 잠시 생각에 잠겼다.

분명 주술사는 트롤의 모습으로 이들 앞에 나타났다. 그런데 왜인지 자신의 눈에는 인간의 모습으로 보였다.

리디아나 다른 일행이 주술사의 모습에 아무런 반응을 보이지 않는 것을 보고 그 위화감을 깨달은 김춘추는 내색하지 않은 채 주술사를 쫓아 그의 거처에 왔다.

트롤 마을에 세워진 거대한 담에서 느끼던 위화감은 바로 이 주술사에게서 나온 것이 명백했다.

전체적인 상황을 보면 이 마을에서 트롤로 지낸 지 꽤 오래된 것 같은데.

그럼에도 불구하고 정체를 들키지 않고 지낼 수 있었다는 것은 상대가 마법사라는 것을 의미했다.

물론 드래곤의 현현일 수도 있다.

하지만 주술사는 아그레스를 보고 아무 내색을 하지 않았다.

드래곤은 드래곤을 알아본다.

그런데 주술사는 아그레스를 몰라보았다. 그저 예쁘장한 엘프 정도로 여겼다.

반대로 아그레스의 반응도 마찬가지였다.

만약 주술사가 드래곤이었다면 아그레스 역시 반응을 했을 게다.

이런 정황으로 봤을 때, 주술사는 고위 서클의 인간 마법사이다.

그리고 그간 베네사 남작 등에게 들은 정보를 종합하자면 7서클의 위대한 대마법사가 분명했다.

"7서클의 마법사가 트롤 행세라니, 재밌군."

김춘추가 주술사보고 들으라는 식으로 중얼거렸다. 그러자 주술사가 한숨을 쉬면서 대꾸했다.

"겨우 4서클밖에 안 되는 놈이 내 정체는 쉽게 알았군."

김춘추가 싱긋 웃어 보이였다.

"그러게 잘 좀 하지."

'저놈은 자신의 능력을 모르는가?'

도리어 그런 김춘추의 반응을 보고 주술사는 속으로 생각했다.

그는 지금 7서클의 마법을 사용하여 트롤의 모습을 하고 있다. 그것을 4서클의 마법사가 간파하는 것은 말도 안 된다.

코러스 산에 찾아오는 마법사들은 판테온의 내로라하는 실력자들이 거의 대부분이다.

그렇기 때문에 그는 7서클의 마법을 사용하여 트롤인 것처럼 지내고 있었다.

그런 연유로 우연히 트롤 주술사인 그와 마주친다 해도 그 어떤 마법사도 그의 정체를 간파하지 못했다. 인간 마법사가 무서워서 도망친 트롤쯤으로 여겼을 뿐.

그런데 눈앞의 젊은이는 처음부터 자신의 모습을 꿰뚫어 보았다.

그 언밸런스한 위화감은 자신이 아닌 눈앞의 젊은이에게서 나오고 있었다.

◈ ◈ ◈

"제길… 이게 뭐야."

책상 위에 쌓인 서류 더미를 보면서 김한기는 연신 투덜거렸다.

김춘추와 리디아만 판테온인지 뭔지 하는 세계로 넘어간 것이 너무도 배가 아팠다. 몰랐다면 모르겠지만.

'새로운 세계라…….'

김한기의 눈빛이 순간 번뜩였다.

인간계에 떨어진 지 몇십 년 되지도 않았지만, 벌써 신물이 난다.

뭐, 세상 돌아가는 게 다 비슷한 것 같다.

김춘추라는 인물을 만나지 못했더라면 벌써 절망에 빠져 한탄하고 있었을 수도 있다.

'잠시 가면 된다고 하더니만…….'

김한기는 천계에서 떨어졌던 그날을 떠올렸다.

딱히 기억나는 것은 없었다. 그저 잠시 참고 있으면 찾을 수 있을 것이란 말밖에.

'기억이 점점 흐릿해지지.'

김한기는 얼굴을 실룩거렸다.

자신이 가지고 있던 능력들에 비해서 천계의 기억은 점점 희미해진다.

"제길."

김한기는 또 한 번 투덜거리면서 서류 더미에 손을 뻗었다.

그때, 그의 사무실 문이 살짝 열리면서 익숙한 얼굴이 보인다.

이예화와 아미였다.

"삼촌, 바빠?"

"이럴 때만 삼촌이냐!"

김한기가 버럭 소리를 지르자 이예화가 눈을 흘긴다.

"애꿎은 사람에게 그러냐."

"지금 일이 얼마나 많은 줄 알아?"

"알지. 그러게 조그만 중소기업이 대기업을 잡아먹으래."

아미가 잽싸게 김한기의 말을 맞받아쳤다.

얼마 전 대한 테크윈이 오성항공을 합병했다.

이것만으로도 신문지 1면 기사에 연일 오르락내리락하기에는 충분했다.

"내가 잡아먹었냐!"

김한기의 얼굴이 벌게졌다.

"대표는 삼촌이잖아."

이예화가 얼른 아미 편을 들고 나선다.

나이는 저보다 몇십 살이나 더 많은 아미를 이예화는 마치 남동생처럼 귀여워한다.

정말이지 여자애들을 모르겠다.

외모만 귀엽고 어리면 다인가?

사람의 겉모습보다는 속을 더 잘 보는 김한기로서는 이예화의 행동이 마땅치 않지만.

그렇다고 간섭하기도 싫다.

저 아미의 귀엽고 여리여리한 몸속에 50년도 더 된 할아비가 들어 있는데.

어쩜 둘 다 저러코롬 죽이 잘 맞는지.

인간들은 간혹 이해가 안 된다.

"대표는 얼어 죽을. 일만 주구장창 하고. 쩝, 내가 따라갔더라면."

김한기는 자신도 모르게 불쑥 입 밖으로 꺼내서는 안 될 말을 꺼냈다. 절대로 이예화에게는 들키지 말라고 김춘추가 신신당부하지 않았던가.

"어딜 따라가?"

이예화의 눈빛이 반짝거렸다. 하지만 김한기는 일부러 시선을 회피했다.

"어, 그런 게 있어."

"춘추, 어디 갔는데? 삼촌이 이렇게 곧이곧대로 일만 할 사람도 아닌데……?"

이예화가 머리를 갸우뚱하면서 김한기를 뚫어지게 본다.

그 모습이 제법 귀엽다.

리디아에 가려서 그렇지, 이예화도 대한민국 상위 5퍼센트에는 충분히 들어갈 외모였다.

"일하러 갔겠지."

김한기가 책상 위에 펼쳐진 서류 파일에 시선을 고정한 채로 말했다.

"아미야, 오늘 아침 춘추 신점이 어떻게 나왔지?"

이예화가 능청스럽게 아미 쪽을 보며 화제를 돌렸다.

"새로운 세계가 열리니 큰 화가 닥친다."

사전에 입을 맞추었는지, 아미 역시도 천연덕스럽게 신점을 읊어 댔다. 그에 김한기가 어이없는 표정을 지으면서 말했다.

"어디서 사기를 쳐."

자신이 누군가. 관악산 꽃선녀가 모시던 바로 그 신 김춘추가 아니던가.

그녀의 명성이 누구 덕분에 대한민국 정, 재계에 알려졌던가. 바로 신 김춘추, 자신 때문이 아닌가.

그런데 어디서 개뼈다귀 굴러먹던 늙은 것이 신점을 읊어 대다니.

기가 차다.

"아미가 신점 치는 거 내가 봤어. 사기 아니야."

이예화가 기다렸다는 듯이 말했고, 김한기가 자신만만한 태도로 대꾸했다.

"크흠… 신점 별거 없어."

"삼촌, 나 무시하는 거 맞지?"

"내가 너 무시하냐? 아미를 무시하는 거지."

이예화의 딴죽에 김한기가 어이없다는 반응을 보였다.

"나도 꽤 감이 좋은 거 알지? 오늘 아미가 신점 보는데 느낌이 확 오던데."

"뭔 느낌?"

"아미 점괘가 맞다고."
"그래서?"
"춘추에게 뭔 일 생기는 거 아니야?"
"아니다. 별일 없어. 너는 삼촌 말보다 아미 말을 믿냐!"
김한기가 버럭 소리를 질렀다. 그러자 이예화가 초롱초롱 맑은 눈빛으로 그를 쳐다보면서 말했다.
"삼촌도 그럼 신점 쳐 봐."
'이크.'
그제야 김한기는 자신이 이예화의 덫에 걸린 사실을 깨달았다.
그녀는 어떻게 해서든지 김춘추의 행방을 자신에게서 알아내려 하고 있었다.
평소 이예화의 극성을 아는지라, 김춘추가 왜 그녀에게만은 비밀로 하고 싶은지 이해가 되었다.
더구나 아미라는 녀석.
믿을 게 못 된다. 아직은.
적어도 저놈은 아직까지 오성그룹의 개가 아닌가.
"걱정 마. 그놈은 잘 있어. 나 바쁘니까 그만 가라."
"칫, 어디 갔는지 말해 주면 안 돼?"
이예화가 입술을 삐죽 내밀면서 툴툴거렸다.
오늘은 아미와 작정하고 김한기를 찾아왔는데, 역시나 입을 열게 하기가 어렵다.

벌써 김춘추가 사라진 지 이틀이 지났다.

분명 저번과 같다. 말없이 일주일 동안 사라졌을 때와 똑같은 것이다.

다른 점이 있다면 이번에는 리디아도 사라졌고.

김한기는 알고 있는 눈치였다. 그들의 바리케이드를 치고 있는 이가 김한기였으니.

슥슥.

애써 이예화와 아미를 무시하고 김한기는 서류 더미에 집중했다.

차라리 일하는 게 낫다. 저 여우같은 계집애를 상대하려니 울화통이 터진다.

그나마 자신이 판테온에 넘어가지 못했으니 망정이지.

저 눈치 없는 계집은 아미에게 온통 다 까발릴 생각인가 보다.

천계에서 살아온 김한기였지만, 사실 지금까지 만나 본 인간들 중 아미가 가장 마땅치 않은 존재였다.

뭔가 불편하다.

송곳처럼 옆구리에 언젠간 쑤욱 들어올 것만 같은 느낌이 든다.

김한기는 이예화의 옆에서 싱글벙글 웃고 있는 아미를 슬쩍 곁눈질했다.

'저놈은 뭔 속셈이래.'

천하의 김한기에게 난적이 하나 생겼다.

속에 든 것은 늙은 쭈글이인데, 겉모습은 귀여운 어린 녀석. 그것을 무기로 이예화에게 철썩 붙어 있는 동자승 놈이었다.

'역시 날 못 알아보네.'

아미는 혼자서 썩소를 날렸다.

계획대로다.

◆ ◆ ◆

김춘추와 주술사, 아니 7서클의 위대한 대마법사라는 칭호를 가진 트리니 트러클 피셴은 서로를 마주 보았다.

서로에게 느끼는 위화감 때문인지, 이들은 한동안 말이 없었다.

이윽고 주술사가 먼저 입을 열었다.

"날 알아보는 게 이상하지 않나?"

"비장의 한 수가 있다고만 알아 두시지."

김춘추가 피식 웃었다.

사실 비장의 한 수라는 게 별거 없다. 아그레스를 뜻하니까.

그의 곁에는 드래곤 아그레스가 따라다닌다.

그러니 그녀의 영향으로 트롤 주술사의 정체를 알아본

조우 • 29

것이다.

가끔 아그레스는 김춘추에게만은 호의를 보이곤 했다. 겉으로는 시크하게 굴지만.

엘프의 정체를 알 리 없는 주술사로서는 자신의 능력을 크게 치는 거겠지.

김춘추는 딱 이렇게 상황을 판단했다.

"비장의 한 수라. 제법이군."

"그건 그렇고, 우리를 왜 데려왔지?"

김춘추가 팔짱을 끼면서 물었다.

주술사, 아니 트리니 트러클 피센은 그런 김춘추의 행동이 못마땅했다.

자신의 정체를 몰랐다면 모를까. 겨우 4서클의 마법사가, 7서클의 대마법사에게 하대를 한다.

그게 가당키나 하단 말인가.

4서클과 7서클은 하늘과 땅 차이, 아니 그보다도 더 멀었다.

아무리 자신이 인간 세상을 떠나왔다고 해도 그로서는 매우 불쾌할 수밖에 없었다.

"흠……."

트리니 트러클 피센은 못마땅한 표정으로 김춘추를 노려보았다.

"말해 주기 싫으면 할 수 없지."

김춘추는 그렇게 말을 툭 던져 놓고서는 자리에서 일어서려고 했다.

트리니 트러클 피센으로서는 어이가 없었다.

이건 하대뿐만 아니라 완전 무시다.

자신이 7서클의 대마법사라는 것은 둘째 치고, 본인과 일행이 이곳에 잡혀 온 것을 잊었단 말인가?

도대체 이렇게 안하무인인 인간이 어디 있단 말인가.

"감히 애송이가!"

"왜?"

그의 분노에도 당황하지 않고 김춘추는 뚱한 표정을 지으면서 물었다.

"……"

순간 트리니 트러클 피센은 말문이 막혔다.

"내가 7서클 위대한 대마법사의 대우를 안 해 줘서? 포로 행세를 안 해서?"

김춘추는 표정 하나 바꾸지 않고 중얼거렸다.

"크흠!"

트리니 트러클 피센은 자신도 모르게 헛기침을 했다.

"인간들이 싫어서 여기 계시는 거 아닙니까?"

김춘추가 그제야 존댓말을 사용했다.

"……"

"원하시면 7서클 대마법사님 대우를 해 드리죠."

그렇게 말하면서 김춘추는 자리에 앉았다.

"젊은이가 날 놀리는 겐가?"

"김춘추입니다."

"김춘추?"

"제 이름이요."

김춘추가 싱긋 웃는다. 조금 전까지 보여 주었던 행동과는 완전 딴판이었다.

'이놈이 날 갖고 노는구나.'

트리니 트러클 피센은 자신이 김춘추의 손아귀에 완전히 놀아난 것을 인정해야 했다.

김춘추의 말대로 그는 인간세계에 환멸을 느꼈다.

제국의 황제가 되면 무엇을 할까.

마법사라는 종속이 그렇다. 향락과 여자, 돈……. 이런 것을 탐하는 마법사도 있겠지만, 대부분은 마법이라는 학문을 파헤치면서 평생을 산다.

7서클에 오르기까지 오로지 마법학에만 일생을 바쳤다.

그런데 그가 대륙에 하나밖에 없는 위대한 대마법사의 칭호를 따고 나자, 대륙의 판도가 그를 중심으로 재편되기 시작했다.

모든 게 불편했다.

자신으로 인해서 원하든 원치 않든 원성이 생기고 적이 생기고.

그리고 사랑하는 가족을 잃어야 했다.

7서클의 대마법사가 되어서 무엇할까.

가족조차 지키지 못하는 7서클의 대마법사가 무엇이 그리 잘났을까.

그까짓 칭호 따위는…….

모든 게 무의미했다. 그래서 인간을 버렸다.

코러스 산에 들어와 살아도 여전히 인간들은 그를 내버려 두지 않았다.

급기야 그는 트롤로 완벽하게 변신했다.

그리고 트롤 마을에 들어와 인간들의 접근을 막으면서 소소하게 살고 있었다.

아무래도 마법사이다 보니 이곳에서도 주술사로서 대우를 받게 되는 것은 시간문제였다.

인간들에 비해서 트롤의 생활 방식은 단순했다.

자신의 영역에서 먹는 문제만 해결된다면 딱히 무언가를 더 탐하지 않았다.

자연과 교감 능력이 뛰어난 트롤의 성향이 그에게는 딱 맞는 셈이었다.

김춘추가 혀를 차면서 말했다.

"그냥 계속 지내시면 되는데… 잘 지나가는 저희를 왜 붙잡으셔서 이 고생이십니까?"

"그러게 말이네."

트리니 트러클 피센은 고개를 끄덕였다.

"코러스 산 정상에서 내려오는 인간들이 있다기에 나도 모르게 호기심이 생겨 버렸네."

그는 자신의 호기심을 누르지 못하고 김춘추 일행을 잡아오라고 명령을 내렸다. 어쩌면 자신이 오랫동안 풀지 못한 숙제를 함께 풀어 줄 이들일지도 모른다는 생각에서였다.

아무래도 뼛속까지 마법사인 것만은 분명했다.

코러스 산 정상. 그곳은 그 자신뿐만 아니라 이 산의 몬스터, 아니 몬스터 중에도 영물급이라는 존재들조차 다가가지 못하는 곳이었다.

대부분 산을 넘어갈 때 빙 둘러서 간다.

코러스 산의 정상이란, 한없이 신비로운 곳이었다.

혹자는 그곳에 쳐 있는 결계가 태고 전부터 내려왔다고 한다.

물론 7서클의 마법으로도 깨지 못한 결계였다.

드래곤들 중에서도 상위 드래곤들만이 결계를 지나갈 수 있다고 들었다.

"설마… 자네 일행 중에 드래곤이 있으신 겐가?"

"글쎄요."

김춘추는 말꼬리를 흐렸다. 아그레스가 좋아하지 않을 게 분명했으니.

"하긴 있을 리가 없지……."

트리니 트러클 피센은 고개를 저었다.

상위 드래곤들은 쉽게 움직이는 종족이 아니었다.

물론 유희를 즐긴다고 하나, 이렇게 인간들을 떼거리로 몰고 다니는 성정도 아니었고.

하지만 꺼림칙했다.

'뭐지? 이 찝찝함은?'

트리니 트러클 피센이 머리를 흔들 무렵, 김춘추가 여유로운 미소를 지으면서 말했다.

"마법사님을 찾고 있던 분들이 있는데. 만나 보실래요?"

"자네 일행 중에 있는가?"

"그건 아니고요."

"그럼?"

"루머스 제국의 블랙 기사단이라고 들어 보셨습니까?"

"루머스라……."

트리니 트러클 피센은 순간 기억하고 싶지 않은 일이 떠올랐다.

그의 가족을 잃게 된 그때의 그 일 말이다.

"만나고 싶지 않네. 인간들 사에 얽히고 싶지 않아 여기에 들어와 있는 것이 안 보이는가?"

"이미 그들이 여기를 샅샅이 뒤지고 있을 텐데요."

"그러라지."

트리니 트러클 피센이 웃었다.

몇십 년 동안 그 누구도 자신을 찾지 못했다.

눈앞의 젊은이조차 자신이 데려오라고 하지 않았더라면 자신의 존재조차 몰랐을 터였다.

김춘추는 잠시 생각에 잠겼다.

'여기에다 공녀를 놓고 갈까?'

어차피 7서클의 대마법사가 있으니 안전할 터였다.

김춘추의 얼굴에 밝은 미소가 떠올랐다. 짐 하나를 벗을 수 있는 기회였다.

물론 눈앞에 마주 앉아 있는 자가 허락해야겠지만 말이다.

제2장

원정대의 시작

베네사 남작은 하늘을 바라보았다.

울창하게 높이 솟은 나무들 때문에 태양조차 제대로 보이지 않았다.

한낮임에도 마치 오후 4, 5시의 정경 같았다.

게다가 왜 이렇게 습기가 높은지.

그는 연신 비 오듯이 흐르는 이마의 땀을 훔쳤다.

"갑자기 몸이 나빠졌나……."

그는 혼잣말처럼 중얼거렸다. 옆에서 크림슨 오그니가 그런 그를 힐끔 쳐다보았다.

"젊은 마법사님이랑 같이 다닐 때만 해도 컨디션이 좋았는데. 원, 이거……."

크림슨이 그의 말에 대꾸했다.

"스트레스가 심한가 봅니다."

"그렇겠지. 공녀도 도망가… 찾으라는 사람은 못 찾고 있지… 이대로 내려갈 수도 없지."

베네사 남작이 침울한 표정을 지었다.

그의 말은 농담이 아니었다.

만약 7서클의 위대한 대마법사를 찾지 못한다면 이들은 이 산에 뼈를 묻을 수밖에 없다.

그것을 각오하고 떠난 여행이었다.

리스트란 공작의 분노 아래 피할 곳은 없었다.

그런 베네사 남작의 모습에 크림슨도 어두운 얼굴이 되었다.

남작만 저택으로 복귀를 못하는 게 아니다. 자신 역시 마찬가지였다.

아니, 남작과 함께 온 리가 상단 일행 전체가 다 그럴 터였다.

물론 대부분 그 사실은 모른다.

찾을 때까지… 아니, 반드시 마법사를 찾아야 했다.

"공녀님이라도 찾을 수 있을까요?"

"그분만 찾는다면야 어렵지 않겠지."

크림슨의 질문에 베네사 남작이 중얼거렸다.

크림슨이 김춘추를 떠올리면서 말했다.

"게오르그 마법사님을 그렇게 보내는 게 아니었는데……."

"나도 그러네. 어떻게든 붙잡고 있었어야 해. 아니… 혹시……?"

"혹시라니요?"

"공녀님과 같이 도망간 것은 아니겠지?"

순간, 크림슨의 눈이 동그래졌다.

"설… 설마 그러겠습니까? 게다가 공녀님은 그분을 별로 안 좋아하는 것 같았고……. 마법사님도 공녀님과 함께 있는 자리는 피하시던데."

크림슨은 애써 김춘추를 변호했다.

"그러긴 했지. 그런데 그게 다 연극이라면?"

"연극이요?"

"남녀 사이 일은 모르잖아."

"남작님, 말도 안 됩니다."

크림슨이 고개를 절레절레 흔들었다.

베네사 남작은 그가 모시고 있는 상관으로서는 참 좋은 사람이었다. 다른 사람들이 없을 때는 크림슨과 흉허물 없이 터놓고 지내기도 한다.

그런데 가끔 이렇게 소설을 쓸 때가 있다. 이런 경우만 빼면 괜찮은데.

"말이 안 되겠지?"

그렇게 말하면서도 베네사 남작은 의심의 눈빛을 지우

지 않았다.

그는 자신의 생각에 심취했다.

만약 자신의 말이 사실이라는 게 드러난다면.

지그에논 왕국과 루머스 제국 간에 전쟁이 일어날 수도 있었다.

물론 지그에논 왕국이 일방적으로 당하겠지만.

뭐, 파이온 제국이 그렇게 쉽게 루머스 제국에게 지그에논 왕국으로 가는 길을 열어 줄 것 같지는 않긴 했다.

어쨌거나 루머스 제국의 황제는 캘리 공녀에게 눈길조차 주지 않았을지 모르지만, 지그에논 왕국을 삼키는 것에는 동의하리라.

다른 공작들도 마찬가지지만 리스트란 공작은 야심가였다. 그것을 잘 아는 베네사 남작은 자신도 모르게 몸을 떨었다.

설마, 젊은 마법사가 자신의 왕국에 그런 행악을 끼치겠는가.

생각이 아주 없지는 않겠지.

'아, 그는 캘리 공녀가 마마님인 줄 모르지.'

베네사 남작은 순간 자신이 잊고 있던 한 가지 사실을 떠올렸다.

바로 젊은 마법사는 캘리 공녀가 우타국의 백작가 영애인 줄로만 알고 있다는 것이었다.

그렇다면 상황은 더 나쁘다. 마마님이 자신의 정체를 드러낼 것 같지도 않고.

설마, 젊은 마법사가 마마님에게 이용당하는 건가?

베네사 남작의 머릿속은 온갖 생각들로 복잡해져 갔다.

"남작님, 그런 생각을 왜 하십니까?"

옆에서 크림슨이 일침을 날리자, 베네사 남작은 뻘쭘한 표정을 바라보았다.

크림슨은 안 봐도 뻔하다는 투의 눈빛을 보내왔다.

"하, 하긴 그렇지……."

베네사 남작이 얼굴에 흐르는 땀을 손수건으로 닦아 내면서 안도의 한숨을 내쉬었다.

크림슨이 단호하게 말했다.

"너무 지나치시면 안 됩니다."

"고맙네."

중얼거리듯이 인사를 한 베네사 남작이 고개를 끄덕였다.

그에게 있어 크림슨은 진정으로 자신을 위한 충고와 신뢰를 주는 친구이기도 했다.

비록 우타국에서 남작직에 있지만, 베네사 남작은 실제로는 루머스 제국의 리스트란 공작이 심어 놓은 사람이었다. 그런 위치에 있는 그에게 유일한 친구, 모든 것을 터놓고 함께 의논하는 사람이 크림슨이었다.

베네사 남작의 쓸데없는 상상을 가끔씩 저지해 주는 것

도 그였다.

"자네를 영지에 두고 올걸."

문득 생각난 듯, 베네사 남작이 미안한 표정을 지으면서 말했다.

그에 크림슨이 약간 불만인 듯한 표정을 지었다.

"이미 데려왔잖습니까?"

"그랬지… 허허허, 미안하네."

베네사 남작이 사과를 건넸다.

귀족이 자신의 부하에게 사과를 한다는 건 참 많은 의미를 내포했다. 크림슨도 그것을 알기에 더 이상 투덜거리지 않았다.

어떻게든 마법사를 찾아서 영지로 복귀하는 것만이 해답이었다.

아들 앤더슨이 떠올랐다.

'애타게 기다릴 텐데.'

크림슨의 얼굴이 어두워져 갔다.

잠시 후, 정찰 갔던 기사와 용병들이 다급하게 이들 앞에 나타났다.

"베네사 남작님."

"무슨 일이지?"

"공녀님께서 오고 계십니다."

"공녀님이?"

베네사 남작의 얼굴에 미소가 서렸다.

좋은 조짐이었다.

'이 험한 코러스 산에서 별수 없었겠지.'

남작은 공녀나 루돌프 남작처럼 도시에서만 생활하던 사람이 험한 이 코러스 산에서 오래 못 버틸 거라고 생각했다.

다만, 엉뚱한 사람들에게 휘말릴까 봐 염려했는데. 다행이었다.

그래도 생각은 있었는지 제 발로 찾아온 것이다.

"어디 계시냐?"

"그, 그게."

정찰 나갔던 기사의 얼굴 위로 당혹스러운 표정이 떴다.

"무슨 일인가?"

"게오르그 마법사님과 일행이 있습니다."

"마법사님과?"

베네사 남작의 눈살이 찌푸려졌다.

크림슨의 얼굴에도 걱정스러운 빛이 떠올랐다.

설마 베네사 남작의 소설이 정말 현실이 된 걸까? 사랑의 도피를 하다가 못 버티고 자신들을 찾아온 걸까?

하지만 그건 말이 안 된다.

게오르그 마법사는 이곳, 코러스 산에서 3년간 수행을 했다고 들었다. 그 덕에 젊은 나이에 3서클에 오를 수 있었고.

원정대의 시작 • 45

뭔가 앞뒤가 맞지 않았다.

곧 이들 앞에 캘리 공녀와 김춘추 일행이 다가왔다.
한데, 일행을 보는 베네사 남작의 눈동자는 커져 갔다.
캘리 공녀와 루돌프, 게오르그 마법사도 그렇다 치고, 엘프 그레이아야 워낙 마법사를 쫓아다녔으니 함께 있는 건 당연하다 치고.
그들의 옆에는 눈이 튀어나올 정도로 어여쁜 아가씨와 2미터가 넘는 트롤까지 서 있었다.
트롤은 목에 주렁주렁 목걸이를 달고 있는 걸 보니 주술사인 듯싶다.
도대체 이 행렬은 무슨 의미인지.
"어서들 오십시오."
베네사 남작은 말할 수 없는 이질감이 느껴졌지만, 일단 이들을 환영해 주기로 했다.
캘리 공녀, 아니 레이나 마마님이 제 발로 돌아온 것만으로도 어딘가.
적어도 자신은 대마법사를 찾기까지 돌아가지 못한다고 해도 크림슨만이라도 마마님 평계를 대서 영지로 돌려보낼 수 있게 되었다.
그것만으로도 안심이었다.
베네사 남작은 유일한 친구 크림슨에게 오래전에 생명의

빚을 지었기 때문이다.

게다가 베네사 남작 자신은 딸린 식구가 없으니 더욱 영지에 반드시 돌아갈 이유도 없지 않은가.

우타국이 아닌 루머스 제국에 그의 뿌리가 있었던 것이다.

"여행 잘하고 왔습니다."

캘리 공녀는 오만하게 고개를 치켜세우고는 말했다.

그녀의 표정에서 미안함이라고는 찾아볼 수가 없었다. 사실 미안하지도 않았다.

어차피 베네사 남작과 블랙 기사단은 7서클 위대한 대마법사를 찾아야 한다. 그렇지 않고서는 이 코러스 산을 떠나지 못할 터.

이들은 자신이 떠난 후에 자신을 찾으려고 애를 쓰지도 않았을 게다.

"숙소를 지을 동안, 잠시 일행을 소개시켜 주십시오."

베네사 남작이 리디아를 보면서 물었다.

"제 여동생입니다."

김춘추가 베네사 남작의 말에 재빨리 대답했다. 그리고는 캘리 공녀에게 한 것처럼 여동생과 함께 지그에논 왕국을 도망쳤다고 말했다.

'소설은 소설이었구만.'

김춘추의 말을 들으면서 크림슨은 좀 전 베네사 남작의

이야기를 떠올렸다.

젊은 마법사가 도망을 치기는 쳤는데, 캘리 공녀가 아닌 여동생과 함께였다.

늙은 자작에게 시집보내는 것을 막기 위해서였다.

"저 트롤은?"

"어쩌다 보니 일행이 되었습니다."

베네사 남작의 질문에 김춘추는 별거 아니란 식으로 대답했다.

"그렇군."

다행히 베네사 남작은 더 캐묻지 않았다.

트롤의 경우, 다른 몬스터들과는 달리 주술사 중심의 마을을 형성하면서 살아간다.

자연을 숭상하고 자연과 교감을 하는 종족이라서 그런지 타 종족보다는 인간과의 유대감이 강한 면이 있었다. 물론 트롤 나름이기는 했지만.

특히 주술사인 트롤들은 어떤 면에서는 인간과 같은 성향을 보이곤 했다.

베네사 남작이 머리를 끄덕이자, 블랙 기사단원들과 용병들은 일사불란하게 움직였다.

그들로서는 젊은 마법사 일행을 다시 만난 것이 반가웠다. 특히 블랙 기사단원들은 더 그랬는데, 캘리 공녀가 되돌아왔으니 자신들 중 몇몇은 한두 달 이내에 이 코러스 산을 벗어날 수 있을 거라 믿었기 때문이다.

 아무리 마법사를 찾는 것이 중요하다고 해도 캘리 공녀를 계속해서 외지에 있게 할 명분이 리스트란 공작에게 없었다.

 루머스 제국으로 돌아가기 위해서라도 블랙 기사단원 몇몇은 캘리 공녀를 호위해야 했으니까.

 그들은 안도의 한숨을 내쉬고 있었다.

 리스트란 공작의 성정을 잘 아는 이들로서는 적어도 캘리 공녀가 돌아온 것만으로도 큰 짐 하나를 벗은 셈이었다.

 용병들의 경우는 김춘추를 무척 반겼다. 물론 엘프 그레이아 역시.

 젊은 마법사의 다정다감한 성격과 붙임성으로 인해서 함께 있는 동안 용병들 사이에서 인기가 좋았다.

 엘프 역시 새침한 성격이긴 했지만 용병들과 제법 잘 어울렸다.

'다행이군.'

 김춘추는 베네사 남작이 자신의 일행을 받아 준 것에 안도감을 느꼈다.

 하지만 아직 그와 더 나눌 대화가 있었다.

 김춘추는 주술사 트롤, 아니 7서클의 위대한 대마법사를 흘끔 바라보았다.

이들이 일행이 된 데는 이유가 있었다.

대마법사가 코러스 산에서 은둔을 하고 있던 것은 우연이 아니었다.

7서클이 되면 8서클이 되고 싶다던가.

인간사에 회의를 느끼고 숨었지만, 여전히 미지의 마법을 향한 열정은 접을 수가 없었다.

게다가 그것뿐이 아니다.

점점 알지 못했던 것에 대한 궁금증이 일어났다.

판테온에 얽힌, 고대의 것들을 향한 의문들.

그리고 그 의문들은 마법의 한계에 다다른 그를 새로운 마법으로 안내해 줄지 모른다.

또한 코러스 산 어딘가에 고대 신전이 있다는 정보를 알게 되었다.

고대 신전.

한때 판테온의 두 대륙이 나누어지기 전에 존재했던 신전이었다.

어떤 이유로 두 대륙이 갈라졌는지는 아무도 모른다.

혹자는 자연스러운 현상이었다고 하지만, 그러기에는 두 대륙을 갈라놓은 그 거리가 너무도 멀었다. 자연스럽게 지각이 멀어진 것치고는 말이다.

게다가 북대륙과는 이제는 왕래조차 하지 않고 있었다.

두 대륙이 하나였던 그 시절에 세워진 고대 신전을 찾아낼 수만 있다면 그의 모든 것을 다 불태워도 좋다는 생각을 했다.

그렇게 오랜 세월 코러스 산에서 있다 보니, 트롤이 되고 또 그들과 삶을 공유하면서 고대 신전이 있는 곳을 알게 되었다.

몇 번이고 트롤들을 모아서 그곳에 도전해 보았지만, 고대 신전을 둘러싼 초원을 넘지도 못했다.

신전 주변의 초원은 그가 듣지도 보지도 못한 온갖 몬스터들로 우글거렸다.

아무리 그가 7서클 대마법사라고는 하나 분명 한계가 있었다. 누군가 그와 밸런스를 맞추어 함께 움직일, 그런 사람이 필요했다.

그랬기에 코러스 산 정상에서 내려오던 김춘추 일행을 납치하라고 지시했던 것이다.

코러스 산 정상을 올라갔던 사람들이라면 분명 평범한 이들이 아닐 것이란 판단에서였다.

산 정상의 경우 역시 결계가 쳐 있는 곳으로, 사람들이나 몬스터조차 그곳을 드나들 수 없었기 때문이다.

그런 곳을 다녀온 사람이라면, 충분히 자신과 함께 고대 신전에 다가갈 수 있는 힘이 있지 않을까?

그리고 그런 자들에 대한 호기심 역시 발동했기 때문이기도 했다.

이런 여러 가지 이유로 대마법사는 김춘추 일행을 직접 대면하게 된 것이었다.

어쨌든 간에 김춘추는 그의 제안을 수락했다.

네 번째 반지를 찾아야 하는 그로서는 마법사의 제안이 아주 나쁜 것은 아니었다.

왜냐면 그의 손에 낀 3개의 반지들이 그렇게 속삭이고 있었으니까.

'영 찝찝하네.'

김춘추는 반지를 내려다보면서 이맛살을 찡그렸다.

두 번째, 세 번째 반지를 찾을 때만 해도 반지들이 어디에 있는지 느낌이 확실하게 왔다.

하지만 네 번째 반지는 고대 신전에 있는지 없는지조차 불확실하다.

확실하게 존재한다는 느낌이 아니라 가면 뭔가 좀 소득이 있을 거다?

이런 느낌 정도였다.

'난이도가 올라가는 걸까?'

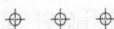

"믿… 믿을 수가……."

베네사 남작은 너무도 놀라서 의자를 박차고 일어섰다.

하지만 그의 눈은 여전히 의심으로 가득 차 있었다.

지금 그의 맞은편 원탁 테이블 앞에는 김춘추와 트롤 주술사, 아니 대륙에서 칭송하는 7서클의 위대한 대마법사가 앉아 있었다.

방금 전 김춘추는 그에게 트리니 트러클 피셴을 소개한 것이다.

베네사 남작의 눈이 휘둥그레질 수밖에 없는 노릇이었다.

눈앞의 트롤이 대마법사라니.

"허, 할 수 없군."

트롤 주술사가 입을 열었다. 그러고는 목에서 청록색의 빛을 띤 목걸이 하나를 빼 들었다.

스르륵.

1초도 채 안 걸렸다. 트롤의 모습에서 인간의 모습으로 바뀌는 것이.

그와 동시에 베네사 남작의 눈은 점점 커져 갔다.

털썩.

"정, 정말 마법사님이시군요."

남작의 얼굴에는 다양하고 복잡 미묘한 감정들이 뒤섞여 있었다.

하지만 이거 하나는 분명하다.

집으로 돌아갈 수 있다. 그로 인해서 오는 기쁨이 가장 크게 드러나 있었다.

트리니 트러클 피센은 나지막하게 말했다.

"그동안 수고를 끼쳐 미안하네."

"수고라니요? 가당치 않습니다. 저에게 위대한 대마법사님을 뵐 기회를 주신 것만으로도 가문의 영광입니다."

베네사 남작은 눈 하나 깜짝이지 않고 오글거리는 대사를 순식간에 외쳤다.

"허허."

트리니 트러클 피센은 낮은 웃음소리를 냈다.

'저 양반, 지금이야 대마법사 어쩌고 하면서 영광이라고 하지. 며칠 뒤면 자신의 원수 덩어리라고 외칠걸.'

김춘추는 베네사 남작의 성품을 생각하면서 속으로 웃었다.

하지만 그도 남작이 좋은 사람이라는 것을 안다.

물론 우타국의 입장에서야 간첩이라고 할 수 있었다. 그의 출신은 엄연히 루머스 제국이니.

하나, 루머스 제국의 입장으로 보면 훌륭한 신하이기도 하다.

그리고 우타국은 루머스 제국의 속국과도 별다르지 않은 입장으로, 베네사 남작이 우타국의 입장을 대변해 주는 역할도 하고 있었으니 간첩이라고 해서 꼭 적대적인 것은 아니었다.

하지만 김춘추가 모르는 것이 한 가지 있었다.

베네사 남작은 루머스 제국 황제의 명보다 리스트란 공작의 명을 더 우선시한다는 점이었다.

어쨌거나 베네사 남작이 그의 기사들을 대하거나 아랫사람들을 대하는 태도를 봐서 권위적인 타입은 절대 아니었다. 그런 면이 김춘추로서는 마음에 들었다.

게다가 상단을 이끄는 수장으로서 말발 하나는 또 타고났다.

사람 좋은 풍채에 넉넉한 인심, 그리고 뛰어난 언변술은 그들 일행에게는 필요한 것이었다.

지금만 봐도 그렇다.

베네사 남작은 처음 보는 7서클의 대마법사와 마치 오래 떨어져 있다가 만난 형제처럼 친근감 있게 대화를 나누고 있었다.

베네사 남작의 아부가 대부분이었지만.

눈 하나 깜짝 않고 저런 말을 할 수 있다는 게 신기할 지경이었다.

"50년의 세월이 무색하게도 하나도 변하지 않았습니다. 역시 대마법사님 앞에서는 세월도 비켜 가는 모양입니다."

"허허."

트리니 트러클 피셴은 인자한 미소를 띠었다. 그러고는 김춘추를 쓰윽 바라보았다. 언제까지 이러고 있어야 하냐는 눈빛이었다.

김춘추가 드디어 입을 열었다.

"베네사 남작님, 드릴 말씀이 있습니다."

"말씀해 보십시오. 내 무엇이든 그대의 청을 들어 드리리다."

베네사 남작은 들뜬 표정으로 김춘추를 보면서 말했다. 진짜 그의 표정만 봐서는 당장 자신의 쓸개, 간이라도 빼줄 요량이었다.

김춘추는 고개를 갸웃했다. 하지만 이내 베네사 남작을 이해하기로 했다.

"대마법사님께서는 한 가지 청이 있어서 이렇게 신분을 드러낸 것입니다."

"…네?"

베네사 남작은 김춘추의 말에 이해가 안 간다는 표정을 지었다.

위대하신 대마법사께서 청이 있다니. 자신 같은 마법도 모르는 평범한 인간에게 말이다.

"제가 설명해 드리죠."

김춘추가 나지막이 입을 열자, 베네사 남작은 고개를 끄덕였다.

그의 눈빛이 불안감으로 일렁였다.

아무래도 그도 사람인 이상, 무언가 잘못된 느낌을 받았겠지.

"바하트 계곡을 아십니까?"

"바하트 계곡? 설마 그 유명한 악마 계곡을 말씀하시는 겁니까?"

"그렇습니다."

"거기라면… 안다고도, 모른다고도 할 수 없는 곳 아닙니까?"

"그 말이 정확하겠죠."

베네사 남작의 말에 김춘추가 맞장구를 쳤다.

바하트 계곡. 일명 악마의 계곡.

계곡으로 내려가는 길은 모두 수직선의 낭떠러지로 이루어져 있었다.

바닥이 보이지 않을 정도로 깊은 계곡이었고, 무엇보다 어두웠다.

일부 모험가들이 계곡을 향해서 내려가는 모험을 해 보았지만, 그들은 계곡의 반도 내려가지 못하고 올라오거나 죽음을 당해야 했다.

살아 올라온 자의 증언에 의하면 계곡 아래로 내려가기 시작한 지 50여 미터도 안 되어서 한 치 밑도 보이지 않는 검은 운무에 둘러싸인다고 했다.

그래도 이때 두려움을 느끼고 올라온 자들은 살아난 자들이다.

하지만 호기롭게 그 아래로 더 내려간 자들은 전부 살아 돌아오지 못했다.

그러니 그 아래 무엇이 있는지 아무도 모른다.

심지어 마법 통신구조차 50여 미터를 내려가면 작동이 되지 않는다.

그러니 계곡을 잇는 다리를 만든다는 시도조차 하지 못했다. 마법사들의 마법도 계곡 앞에서는 무용지물이었기 때문이다.

바하트 계곡은 군트람 왕국에서 지그레논 왕국으로 향하는 직선거리에 놓여 있었지만, 코러스 산을 넘는 여행객이나 모험가, 장사꾼들은 일부러 계곡을 돌아간다.

아무리 시간이 단축된다고 해도 넘을 수 없는 곳이니 죽는 것보다 며칠 더 소모되는 편이 낫기 때문이다.

"바하트 계곡은 왜?"

베네사 남작의 눈은 이제 대마법사에게로 향해 있었다.

그의 머릿속은 굳이 뒤집어 보지 않아도 뻔하다.

이런 제길, 똥 밟았네.

찾기 힘든 대마법사가 제 발로 나타난 것부터 재앙이었어.

게다가 나 같은 사람에게 청이라니.

기타 등등.

몸이 둔하다고 해서 머리까지 둔한 게 아니니까.

바하트 계곡의 이름을 김춘추가 들먹이는 순간, 베네사

남작은 상황을 정확하게 이해했다.

"설마… 거길 가자고."

베네사 남작은 말을 하다가 입을 다물었다.

"맞네."

위대하신 대마법사, 트리니 트러클 피센은 표정 하나 변하지 않고 고개를 끄덕이면서 말했다.

"하아."

베네사 남작의 입에서 깊은 한숨이 절로 터져 나왔다.

김춘추는 그런 그의 모습을 그저 지켜볼 뿐이었다.

"저, 그냥 저와 함께 루머스 제국으로 돌아가시는 것은 안 되겠습니까? 원래 루머스 제국분이시잖습니까?"

베네사 남작이 지푸라기라도 잡는 심정으로 말했다. 아니, 절규하다시피 외쳤다.

루머스 제국이란 말이 나오자 트리니 트러클 피센의 이맛살이 심하게 찌푸려졌다.

그때까지 평정을 유지하던 사람이.

그의 입가에는 내내 미소가 머물러 있었는데, 지금은 흔적도 없이 사라진 뒤였다.

'루머스 제국 사람이었군.'

김춘추는 베네사 남작의 절규 덕에 대마법사에 대해서 한 가지 사실을 알게 되었다.

그리고 대마법사의 표정으로 보아서는 그곳에서 어떤 사

건이 있었고, 그 사건을 계기로 대마법사가 세상과 단절했을 거라는 것도 짐작이 가능했다.

"밖에 있는 기사들이 블랙 기사단원들이지?"

트리니 트러클 피센이 베네사 남작에게 물어 왔다.

"그, 그렇습니다."

베네사 남작은 실오라기 같은 희망이라도 잡는 심정으로 대마법사를 바라보았다.

"걔들, 용맹하잖아."

"네?"

"불구덩이에 뛰어들라고 해도 뛰어들 애들이잖아."

"……"

대마법사의 말을 듣던 베네사 남작은 할 말을 잃었다.

리스트란 공작에게 대마법사를 모시고 오라는 명을 받았지만, 대마법사 역시 리스트란 공작에 대해서 잘 아는 모양이었다.

베네사 남작은 대마법사의 말에서 그런 정황을 어렵지 않게 추리해 냈다.

"저, 저는 기사가 아닌데요?"

베네사 남작은 쥐어짜듯이 말했다. 그러자 트리니 트러클 피센이 부드러운 어조로 말했다.

"상인이라고 들었네."

그새 표정이 원래대로 돌아와 있었다.

"우타국의 하층 귀족일 뿐입니다."

"루머스 제국의 간자이기도 하고?"

"그… 그건."

베네사 남작은 허가 찔린 듯한 표정을 지었다.

트리니 트러클 피센이 베네사 남작을 달래듯이 말했다.

"내가 세상과 단절한 지 50년이 지났어도 자네보다는 루머스 제국, 아니 리스트란에 대해서는 많이 아네. 그러니 내 말대로 함세."

"알, 알겠습니다."

결국 베네사 남작은 더듬거리면서 대답했다. 하지만 그의 간절한 눈빛은 김춘추를 바라보고 있었다. 도와달라는 의미겠지.

맨정신으로 바하트 계곡에 가는 사람은 없다더니.

정말 그런가 보다.

"도대체 왜 바하트 계곡으로 가시려는 겁니까? 그 밑에 보물이라도 있습니까?"

베네사 남작이 김춘추를 바라보면서 속사포처럼 내뱉었다. 아무래도 대마법사에게는 할 수 없는 말이다 보니 그런 듯했다.

김춘추는 대마법사를 한 번 바라보았다.

그가 고개를 끄덕인다.

이제 베네사 남작은 자의든 타의든 꼼짝없이 대마법사의

원정대에 합류하게 된 셈이었다.

그러니 그곳에 가는 목적을 말해 주어야 한다.

김춘추가 대답했다.

"고대 신전이 있다고 합니다."

"고, 고, 고대 신전이요?"

"계곡 아래에 있다고 합니다."

"그곳에 가 보지도 않고 고대 신전이 있다는 것을 어떻게 압니까?"

베네사 남작은 아예 대마법사는 쳐다보지도 않았다.

무섭겠지.

두렵기도 하고.

아무리 인자한 미소를 띠고 있어도 7서클의 대마법사에게 대들기란 어렵기도 할 터였다.

그 덕에 김춘추는 베네사 남작의 항변을 전부 들어 주어야 했고, 그 까닭에 대해서 일일이 설명해 주어야 했다.

"위대하신 대마법사님께서 8서클의 마법을 이곳에서 50년 동안 연구하시다가 비밀리에 알게 된 정보라고 합니다."

"8서클이요?"

베네사 남작의 눈이 휘둥그레진다.

현존하는 유일한 단 한 명의 7서클 대마법사.

물론 몇천 년 역사에 7서클의 대마법사가 없었던 것은 아니다.

하지만 8서클은 그 누구도 올라서지 못했다고 들었다.

"8서클이 대단한 것도 아니지."

대마법사가 입을 떼었다.

베네사 남작은 그저 기가 막힌 표정, 아니 그런 표정을 간신히 억누르고 대마법사를 바라보았다.

"대륙년이 만들어지기 전을 생각해 보세."

"……."

대마법사의 말에 베네사 남작은 침묵했다.

대륙년 전.

헬레니드 대륙과 사이온 대륙이 갈라지기 전, 판테온이 온전히 하나의 대륙이었던 그 시절.

상상하기도 어려운 그 시절엔 6서클은 되어야 조그만 왕국의 궁정 마법사가 되고, 7서클은 되어야 제국의 궁정 마법사가 될 수 있었다고 했다. 그리고 8서클쯤 되어야 위대한 대마법사의 칭호를 들었다고 했다.

게다가 9서클의 대마법사가 존재했다고 들었다.

물론 그 시절에도 9서클의 대마법사는 딱 한 명뿐이라고 했다.

"8서클의 마법사가 두세 명은 있었지… 아마?"

대마법사가 희미하게 웃는다.

그것만으로도 8서클에 대한 그의 갈망이 얼마나 깊은지 느껴졌다.

그는 죽기 전까지 포기하지 않으리라.

8서클.

그리고 8서클 마법사가 되면 9서클에 도전하겠지.

마법사라는 양반들은 정말이지 탐구의 열정이 대단하다. 일평생을 마법 연구에만 바친다고 하더니, 정말 그렇다.

7서클이 되면 아무런 욕심도 없을 것 같더니.

적어도 대륙에서 사라질 때는 그와 비슷한 말을 남기고 사라졌다고 들었는데.

이제 보니 아무런 욕심이 없던 게 아니다.

물욕이 없었을 뿐.

8서클 마법사라는 목적이 너무도 명확했던 것이다.

"그곳에 8서클로 향하는 무언가가 있다는 말씀이십니까?"

"보물도 많다고 들었네."

베네사 남작의 질문에 대마법사가 미끼 하나를 투척했다. 그에 김춘추가 씨익 웃었다.

'제법 영리한데.'

"보물이요?"

"고대 신전이니 당연한 거 아닌가? 단지 고서들만 있을까?"

대마법사가 빙그레 웃으면서 계속해서 미끼를 던졌다.

베네사 남작이 어쩔 수 없이 그들과 함께 바하트 계곡으로 내려가는 것은 기정사실이다.

김춘추가 베네사 남작 일행을 대마법사에게 추천했을 때부터 정해져 버린 운명인 셈이었다.

하지만 억지로 끌려가는 것과 자진해서 가는 것은 엄연히 차원이 다르다.

그런 까닭에 대마법사는 김춘추가 처음에 부탁한 대로 베네사 남작이란 물고기를 열심히 낚고 있었다.

"목숨보다 보물이 더 귀할 수 없습니다."

하나, 이내 정신을 차린 듯 베네사 남작은 딱 잘라 말했다.

"목숨보다 귀할 수는 없겠지. 그 많은 보물 중에는 트로이의 별도 있다던데."

"정말입니까?"

"그렇다네. 트로이의 별은 자네에게 주지. 보물들은 자네와 자네 일행, 그리고 여기 지그에논 마법사와 그 일행에게 정확하게 나눠 주겠네."

"아."

털썩.

순간, 다리가 풀렸는지 베네사 남작은 그대로 의자에 주저앉았다.

트로이의 별.

우르비노 제국 황실의 상징이자 헬레니드 대륙에 있는 모든 보석 중 가장 존귀한 보석이었다.

안타깝게도 200년 전에 우르비노 제국 황실 보고에서 감쪽같이 사라졌다고 알려져 있었다.

그런데 그것이 바하트 계곡에 있다니.

베네사 남작은 원탁 테이블에 턱을 괴고 생각에 잠겼다. 하지만 그 자세는 그리 오래가지 못했다.

그는 무언가 깨달은 것이 있는 듯 김춘추와 대마법사를 바라보면서 물었다.

"혹시, 고대 신전이 드래곤의 둥지입니까?"

대마법사는 베네사 남작의 말에 고개를 저었다.

제3장

바하트 계곡

바하트 계곡.

블랙 드래곤의 둥지.

일행에게는 다행히도 지금 블랙 드래곤은 수면기에 접어들어 있었다.

참으로 다행이 아닐 수가 없었다.

김춘추는 바하트 계곡, 낭떠러지 앞에서 밑을 바라보았다.

'음.'

그가 봐도 정말 무시무시한 계곡이었다.

한 치 앞을 볼 수 없다는 것.

암흑이란 그렇다.

적 없는 공포감.

그럴 때 보면 인간이 얼마나 나약한지 느낄 수가 있었다.

"예상대로죠?"

크림슨이 그의 옆으로 와서 말을 걸었다.

"그러네요."

김춘추가 고개를 끄덕였다.

지금 김춘추와 크림슨은 바하트 계곡 원정대의 척후병을 맡아 일행보다 앞서 이곳으로 향한 것이었다.

"정말 승산이 있을까요?"

"가능성이 있겠죠."

크림슨이 침울한 표정으로 묻자, 김춘추가 고개를 끄덕이면서 설명을 시작했다.

"7서클 대마법사 1명, 4서클 마법사 4명, 1서클 마법사 1명, 블랙 기사단 20명, S급 용병 3명, A급 용병 10명, B급 용병 50명, 베네사 남작님과 크림슨 경, 루돌프 남작까지. 뭐, 이 정도면 꽤 화려한 원정대 같군요."

"그렇긴 하죠. 대륙에서 보기 힘든 마법사들을 본다는 것도 저로서는 신기한 일인 데다 7서클이라니……. 전 감도 안 잡힙니다."

크림슨이 고개를 좌우로 흔들면서 중얼거렸다.

"그러니 승산이 있을 겁니다. 아니, 있습니다. 반드시 크림슨 경은 집으로 돌려보내 드리겠습니다."

김춘추는 확신에 찬 어조로 말하며 크림슨을 바라보았다.

자신도 집으로 돌아가야 하지만, 어린 아들과 아내가 기다리고 있는 크림슨은 더욱 절박했다.

그 어린 아들과 아내……. 이미 김춘추가 만난 인연들이 아닌가.

크림슨이 입을 뗐다.

"전 마법사님을 믿습니다."

"저 말고 위대하신 대마법사님을 믿으셔야죠."

김춘추가 씨익 웃었다.

"아니, 전 제 눈앞에 계신 마법사님을 믿습니다."

크림슨은 그렇게 말하고는 김춘추를 뚫어지게 바라보았다.

"하하, 이거 영광입니다."

그러자 김춘추가 가벼운 웃음소리를 냈다.

"한 가지 물어봐도 될까요?"

김춘추의 웃음소리에 긴장이 풀렸는지 크림슨은 밝은 표정으로 돌아왔다.

그러고는 무언가 몹시 궁금한 듯 질문을 해 왔다.

"그 엘프 말입니다. 보통 엘프는 정령술사가 아닙니까? 그런데 인간들이 쓰는 마법을 쓰다니?"

"그 이유가 바로 그레이아가 엘프 종족들에게 쫓겨나 혼자 떠돌아다니는 이유입니다."

김춘추가 사전에 아그레스와 입 맞춘 내용을 꺼냈다.
"왜죠?"
"말씀하신 대로 엘프들은 자연과 조화를 이루기 때문에 정령술을 쓰죠. 그런데 엘프인 그레이아는 자신의 종족이 쓰는 정령술보다는 마법에 더 친화력이 높았나 봅니다. 자연히 엘프들 사이에서는 따돌림을 받게 된 것이지요. 그렇게 태어난 것에 대해서는 그 누구도 의문을 품을 수는 있으나 해답이 없겠죠. 그 본인도 해답을 위해서 대륙을 정처 없이 떠돌아다니고 있으니."
"크, 제가 그 엘프의 아픈 데를 질문한 셈이군요."
"뭐, 그렇게까지 심각하지 않습니다. 보시는 대로 워낙 낙천적인 성격이 아닙니까?"
김춘추는 아그레스, 붉은 드래곤이 폴리모프한 엘프를 떠올리면서 말했다.
"그렇죠."
크림슨이 격하게 고개를 끄덕였다.
정말 그레이아는 일반적인 엘프들과는 그 성격이 전혀 다르다. 워낙 밝고 명랑해서 엘프 종족들에게 쫓겨난 엘프라는 것이 전혀 믿겨지지 않았다.
물론 그것은 크림슨의 생각이고.
'꽤 괜찮은 설득이군.'
김춘추는 속으로 안심했다.

아그레스에 대한 적당한 핑계가 그럴듯하게 먹혔기 때문이다.

대마법사조차 자신이 아그레스의 써클을 알아보지 못한 것에 대해서 질문을 해 왔다. 물론 엘프라서 못 알아본 것이라는 대답을 미리 준비해 놨었다.

'여러 사람 속이는군.'

김춘추의 얼굴이 잠시 찡그려졌다.

하지만 한 사람, 아니 한 명의 마법사의 손이 필요한 마당에. 아그레스가 기꺼이 4써클 정도의 마법사 역할을 자청해서 맡아 준 것이 어딘가.

다만, 드래곤은 다른 드래곤의 둥지에 특별한 이유가 없이 방문하지 않는다.

물론 서로 간의 둥지 쟁탈전이라든지, 주로 분쟁이나 전쟁의 이유로 방문해서 싸우는 경우는 있지만, 친구도 아니고 적도 아닌 드래곤이 다른 드래곤의 둥지를 몰래 들어가는 경우는 사실상 없다고 봐야 했다.

더구나 수면기의 드래곤을 방문한다?

그건 드래곤들 사이에서는 절대 있어서는 안 될 일이었다.

하지만 김춘추를 따라간다는 점과 순전히 재미나다는 이유만으로 아그레스는 그 일을 감행하려 하고 있었다.

'제길, 만일 블랙 드래곤이 깨어나면……'

섬뜩한 일이 아닐 수 없다.

두 드래곤이 싸우는 통에 원정대원들 전부가 한순간에 잿더미가 될 수 있기 때문이다.

김춘추는 그런 일이 생기지 않길 바랐다.

어쨌거나 원정대는 아그레스로 인해 마법사 한 명이 더 생긴 셈이니 득이라면 득이었다.

김춘추는 대마법사가 건네준 아티팩트를 들고 가볍게 주문을 외웠다.

계곡 아래를 탐사하기 위해서였다.

그러고 보면 대마법사는 오늘을 위해서 10여 년 동안 꽤 많은 준비를 해 온 셈이었다.

고대 신전을 발견하고, 단순한 트롤들을 이끌고 그곳에 갈 수가 없으니 은근슬쩍 자신의 위치를 강한 자들에게 흘리고.

그리고 자신을 찾아온 이들 중 원정대를 구성할 만한 자들이 있는지 살폈지만 그의 마음에 들 정도로, 아니 원정대를 구성할 정도로 실력 있는 자들이 없었다.

결국 최후의 수단으로 리스트란 공작가에도 자신의 위치를 흘렸다.

그 결과 베네사 남작과 캘리 공녀가 일행을 이끌고 코러스 산으로 온 셈이었다.

리스트란 공작은 자신에게 주도권이 있는 줄 알았지만,

결국은 대마법사에게 주도권이 있었다.

불행히도 대마법사는 베네사 남작의 일행 역시 탐탁지 않아 했다.

그렇게 오랜 기다림에도 불구하고 원정대를 구성할 만한 자들이 없음을 좌절하고 있을 때 김춘추 일행이 나타난 것이었다.

코러스 산 정상에 있는 호수에 다녀온 이들.

이것 하나만으로도 이들에게 특별함이 있다고 대마법사는 판단을 내렸다.

4서클의 마법사 김춘추와 역시 4서클의 리디아, 1서클의 캘리 공녀.

그동안 대마법사를 찾아온 이들에 비하면 대단한 능력자들은 아니었지만, 신의 가호가 이들에게 닿아 있다고 대마법사는 생각했다.

그 와중에 자신이 4서클 마법사라고 주장하는 엘프까지 얻었으니.

이들과 코러스 산을 헤매고 있는 베네사 남작이 데리고 온 4서클의 마법사와 기사들과 용병들을 더하면 모험을 걸 만한 가치가 있었다.

꽤 그럴듯한 원정대가 구성되는 셈이었다.

획.

김춘추는 주문을 끝낸 후 아티팩트를 계곡 아래로 던졌다.

…….

하나 계곡 아래에서는 아무 소리도, 아무것도 보이지 않았다.

"5, 4, 3, 2, 1."

김춘추는 나지막이 숫자를 거꾸로 셌다.

역시 조용했다.

"역시 수면기군."

김춘추가 중얼거렸다. 그의 말에 크림슨의 얼굴이 더욱 밝아졌다.

"7서클의 위대하신 대마법사님의 아티팩트이니 틀림없겠죠?"

김춘추는 고개를 끄덕였다.

"그렇겠죠. 꽤 오랫동안 이곳에 대해서 연구를 하셨던 모양인데."

드래곤이 수면기에 접어 있는지 여부를 확인하는 아티팩트였기 때문이다.

크림슨이 중얼거렸다.

"보통 수면기에 접어든 드래곤이 깨어날 때는 웨이크닝을 하기 때문에 알 수가 있는데. 쩝."

"보통이라면 그렇죠. 이 계곡 아래에서는 어떤 일이 벌어지고 있는지 전혀 모르니 조심하자는 의도일 겁니다. 대마법사님께서는 원정대의 한 분이라도 목숨을 잃지 않도록 최대한 노력하고 계시는 겁니다."

김춘추의 말에 크림슨이 한숨을 쉬면서 말했다.

"저로서는 정말 다행입니다."

김춘추는 아무런 말도 없이 그를 바라보았다. 그의 심정을 모르지 않았던 탓이다.

저 멀리 먼지가 뿌옇게 일고 있었다. 그리고 몇몇 낯익은 얼굴들이 보였다.

벌써 원정대 본진이 바하트 계곡에 당도했다.

"휴, 이제부터 시작이군요."

크림슨의 어깨가 들썩였다. 그것만 봐도 그가 얼마나 긴장하고 있는지 알 수 있었다.

"뒤를 잘 부탁합니다."

말을 하며 김춘추가 씨익 웃었다. 그러자 크림슨이 고개를 끄덕이며 대답했다.

"이곳에서 원정대가 돌아올 때까지 기다리고 있겠습니다."

"숨어 있으셔야 합니다. 만일 원정대가 실패하면 드래곤이 이 계곡 밖으로 나오겠지요. 이 일대 전부가 초토화될 테니 섣불리 행동하시면 안 됩니다."

"절대 도망가지 않을 겁니다. 저는 무슨 일이 있어도 베네사 남작님을 모시고 영지로 돌아갈 겁니다."

"그 믿음이 하늘을 감동해서 땅에 닿기를."

"주신의 빛이 바하트 계곡에 비춰지길 바랍니다."

김춘추와 크림슨은 서로를 마주 보면서 두 손을 합장해서 주신 주피터를 향한 기도를 외웠다.

주문을 외운 후, 크림슨의 표정이 꽤 안정되어 보였다.

'다행이군.'

김춘추는 자신들을 향해서 다가오는 원정대와 크림슨을 번갈아 보고는 안심했다.

크림슨이라면 뒤를 맡겨도 믿을 수 있는 인물이었다.

그리고 또 한 사람, 루돌프 남작.

캘리 공녀는 1서클의 마법사였기 때문에 원정대에 낄 수밖에 없었다.

따라서 루돌프 남작 역시 뒤에 남아 반드시 원정대 일행을 기다릴 것이다.

동생을 기다리면서.

사실 캘리 공녀가 원정대에 끼는 것을 가장 격렬하게 반대한 사람이 루돌프였다.

오빠로서 당연했다.

하지만 캘리 공녀의 완강한 뜻과 한 사람이라도 더 살리기 위해서는 마법사가 절대적으로 필요하다는 이유에서 그의 뜻은 접을 수밖에 없었다.

"어떻소?"
트리니 트러클 피센, 대마법사가 김춘추를 보면서 물었다.
"예상대로 수면기입니다."
"역시."
대마법사의 얼굴에서 희미한 미소가 피어올랐다.
"시작하죠."
"그러지."
김춘추는 대마법사가 준 아티팩트들을 리디아와 아그레스, 캘리 공녀와 베네사 남작의 일행 가운데 있던 4서클의 마법사 루카스에게 나눠 주었다.

다들 각자의 위치에 서서 아티팩트를 들고 대마법사의 얼굴을 바라보았다.

그들의 표정에는 긴장의 빛이 역력했다.
"내려갈 동안은 마법이 전혀 시현되지 않습니다. 오로지 이 아티팩트들이 생명의 줄인 셈입니다."
끄덕끄덕.
김춘추의 말에 마법사들은 고개를 끄덕였다.
심지어 아그레스조차 살짝 긴장하는 빛을 띠고 있었다.
수면기의 드래곤을 몰래 찾아간다니.

드래곤인 그녀로서도 꽤나 긴장 혹은 흥분되는 일인 모양이었다.

베네사 남작과 블랙 기사단원들과 용병들이 각자 맡은 마법사들의 뒤에 일사불란하게 움직여 섰다.

1서클의 마법사인 캘리 공녀의 뒤에 가장 많은 기사단원과 용병들이 모여 있었다.

대마법사가 한마디 했다.

"드래곤이 잠들어 있더라도 그의 지배하에 있는 몬스터들이 있을 것이오. 그러니 바닥에 도착할 때까지 마법사들에게서 시선을 떼지 말 것을 당부하오."

"바닥에 도착하면 마법을 사용할 수 있습니까?"

용병들 중 누군가가 용기 있게 외쳤다.

"가능성은 반반이오."

대마법사는 솔직하게 대답했다.

가능성 반반.

지금 그 가능성 반반을 믿고 이들 원정대는 바하트 계곡으로 내려가려고 하는 것이었다.

만약 마법을 사용할 수 있게 된다면, 7서클의 대마법사가 있으니 고대 신전에 들어가서 고서와 보물들을 가지고 오는 것은 어려운 일이 아닐 것이다.

하지만 바하트 계곡, 바닥에서조차 마법을 사용할 수 없다면 그것은 끔찍한 재앙이었다.

온갖 몬스터들이 그들을 내버려 두지 않을 테니.

아무리 S급의 용병들과 용맹한 블랙 기사단원들이 있다고 해도 사실상 승산은 거의 없었다.

목숨을 부지하고 올라오는 것만으로도 다행일 터.

웅성웅성.

용병들 속에서 잠시 소란이 있었다.

아무리 돈을 받고 일을 한다고는 하나, 바하트 계곡의 악명을 너무도 잘 아는 그들로서는 쉽게 받아들이기 힘든 일임에 분명했다.

어젯밤에 베네사 남작이 어떤 말로 그들을 구슬렸는지 모르지만.

필시 7서클의 대마법사가 함께 계시니 승산이 아주 높다고 했겠지.

7서클이 주는 의미는 헬레니드 대륙에서는 대단한 것이니 말이다.

하지만 지금 대마법사의 솔직한 대답에 용병들은 흔들리고 있었다.

용병들…….

김춘추는 용병들을 바라보았다.

아무리 마법사가 있다고 한들, 전면에서 몬스터와 싸워줄 병사들이 필요하다.

그렇다고 목적을 달성하기 위해서 이들에게 목숨을 내놓

으라고 강요할 수는 없었다.

김춘추가 용병들을 향해서 외쳤다.

"지금 떠나실 분은 떠나십시오."

"잠깐!"

그런 김춘추의 말에 베네사 남작이 황급히 그를 저지하려고 나섰다.

하지만 김춘추는 딱 잘라 말했다.

"목숨보다 귀중한 보물은 없습니다."

"그, 그렇긴 하지만."

베네사 남작이 대마법사가 서 있는 쪽을 스윽 바라보았다. 대마법사는 딱히 아무런 말도 하지 않았다.

그때, 아그레스가 몸을 비비꼬면서 말했다.

"오호옹, 걱정하지 마세용. 저 밑에는 마나가 작동해요."

"확신할 수 있습니까?"

베네사 남작의 얼굴이 환해졌다.

"명색이 마법사 엘프인데. 아무리 저 바닥이 보이지 않는다고 해도 마나는 느낄 수 있어용. 오홍호호호."

아그레스가 손으로 입을 가리면서 웃었다.

김춘추는 그런 아그레스를 보면서 고개를 끄덕였다. 감사의 인사였다.

붉은 드래곤인 아그레스가 하는 말이라면 틀림없겠지.

물론 용병들이 전부 아그레스의 말을 믿는 것은 아니었

다. 그들의 눈에는 어리고 가냘프게 생긴, 한낱 천방지축 엘프 소녀에 불과했으니까.

"보물은 지위 고하를 막론하고 공평하게 나눕니다."

그때, 김춘추가 용병들을 향해서 한마디 했다.

"지금 가실 분들은 가십시오. 오늘 치 수당은 베네사 남작께서 지불하실 겁니다."

이어서 그는 자신만만한 미소를 지으면서 용병들에게 다시 한 번 강조했다.

웅성웅성.

용병들 사이에서 약간의 소란이 다시 일어났다.

하지만 그들 중 그곳을 떠나는 용병은 아무도 없었다.

천방지축 엘프 소녀가 한 말이라고는 하나, 만약 바하트 계곡 아래에서 마법을 사용할 수 있다면 그것은 성공률 100퍼센트에 가까운 원정대가 되는 셈이었다.

7서클의 위대한 대마법사에다가 마법사들이 5명이나 더 있었고, 더구나 용맹하기로 이름 높은 블랙 기사단원들 20명까지 함께 있으니.

용병들로서도 도전해 볼 만한 가치가 있었다.

"아무도 떠나시는 분이 없군요. 그러면 모두 함께 가는 것으로 알고 원정대의 계획대로 움직이겠습니다."

김춘추는 용병들에게 다시 한 번 외쳤다. 그 말을 끝으로 원정대는 일사불란하게 움직이기 시작했다.

◈ ◈ ◈

휘익…….

중얼중얼.

마법사들이 각자의 위치에서 아티팩트를 던지고 동시에 주문을 외웠다.

그러자 계곡을 가득 채우던 검은 운무가 순식간에 사라졌다.

김춘추는 대마법사 쪽을 힐끔 쳐다보았다.

적어도 계곡 바닥까지는 갈 수 있다고 자신 있게 말하던 대마법사였다.

어쨌건 간에 원정대로서는 다행이었다. 일이 예상대로 잘 흘러가고 있으니.

운무가 걷히자, 기사들과 용병들 중 선발대에 선 이들이 일제히 허리에 묶은 밧줄에 몸을 의지하면서 밑으로 내려가기 시작했다.

물론 밧줄 역시 일반적인 밧줄이 아니었다. 7서클의 마법으로 만든 아티팩트였다.

한없이 늘어지는 밧줄.

'얼마나 오랫동안 이날을 기다렸을까?'

김춘추는 대마법사를 떠올리면서 속으로 생각했다.

리디아는 계곡 아래를 바라보면서 침을 삼키고 있었다.

한눈에 봐도 긴장의 빛이 역력했다.

"괜찮아."

김춘추가 다정하게 웃으면서 말을 걸었다.

"마법도 소용없다는데……."

리디아는 차마 말을 맺지 못했다.

김춘추는 그녀가 채 하지 못한 말이 무엇인지 안다.

제아무리 대단한 7서클의 위대한 대마법사가 오랜 시간 공들여 연구해서 만든 밧줄이라고는 하지만, 과연 끝이 보이지 않는 이 계곡의 바닥까지 아티팩트가 제대로 작용할 수 있을는지는 의문이었다.

이것을 실제로 적용하는 것은 처음이니까.

"전 믿어용. 오호홍."

옆에서 아그레스가 한마디 거들었다.

"아."

그제야 리디아의 입에서 안도의 한숨이 터져 나왔다.

아그레스는 실제로 붉은 드래곤이 아닌가. 그녀가 믿는다면 믿어도 되는 것이었다.

순간, 아그레스가 입을 삐죽 내밀었다.

"이잉."

'아차.'

김춘추가 아그레스와 리디아를 번갈아 바라보았다. 그러자 리디아가 더듬거리면서 사과의 말을 건넸다.

바하트 계곡 • 85

"죄, 죄송해요."

"오빠한테 이미 들었다는데 할 수 없지."

아그레스는 싸늘하게 내뱉었다.

어차피 리디아가 아그레스의 진짜 정체를 안다는 것을 끝까지 숨길 수는 없었다.

아그레스는 사람의 마음을 읽을 수 있는 드래곤이기 때문이다.

"영광입니다."

리디아가 최대한 예의를 갖춰 말했고, 아그레스가 냉랭한 투로 경고를 날렸다.

"대신 다른 사람들에게 알리면 둘 다 죽여 버릴 거야."

그런 아그레스의 말에 김춘추가 손으로 자신의 목을 그어 보이면서 능청스럽게 말했다.

"무서워라."

"오호옹, 소녀를 왜 무서워해용?"

아그레스가 빙그레 웃으면서 대꾸했다. 김춘추의 유머가 통했나 보다.

리디아는 황당했다. 결국 유머가 통한 것이 아니라 김춘추이기 때문이 아닌가.

하지만 이렇게 넘어가 주는 게 어디인가 싶었다.

그때, 아그레스가 김춘추에게 텔레파시를 보냈.

-네 녀석이 내 눈앞에서 죽는 한이 있어도 널 도울 수는

없다.

-알고 있습니다. 원정대에 4서클의 마법사로 합류해주신 것만으로도 감사드리고 있습니다.

-감사 인사 받자고 따라온 것은 아니다. 나도 신전에 호기심이 있기 때문이지.

-그럴 줄 알았습니다.

-저 어리석은 마법사 따위는 믿지 마.

-그렇게 말씀하시는 이유는?

김춘추가 아그레스를 바라보았다.

-가 보면 알겠지.

-그 말씀은 우리 일행이 바닥까지 무사히 간다는 뜻으로 접수하겠습니다.

-그건 너와 저 늙은 마법사의 몫이지.

아그레스가 피식 웃어 보였다.

김춘추는 가만히 고개를 끄덕이며 방금 아그레스와 나눈 대화를 떠올려 보았다.

바하트 계곡 내 위치한 고대 신전은 단순히 인간들의 역사가 담긴 고대 신전이 아닐 수 있었다.

그렇다면.

'……'

김춘추는 발밑을 내려다보았다. 까마득한 낭떠러지가 펼쳐져 있었을 뿐이다.

"다들 켜시오."

대마법사의 울림이 원정대 전체에게 전해져 왔다.

물론 대마법사의 목소리가 그렇게 큰 것은 아니었다. 그렇다고 마법을 시현한 것은 아니다.

목소리를 전달해 주는 나팔 비슷하게 생긴 것을 손으로 잡고 외쳤을 뿐이다. 역시 아티팩트였다.

원정대원들은 일사불란하게 허리에 질끈 매고 있던 라이트 볼을 켰다.

그리고 빛의 방향이 아래로 향하도록 잘 조절하자 순식간에 사방이 환해졌다.

원정대원들은 모두 자신의 발밑, 아래를 바라보았다.

빛이 켜졌음에도 여전히 계곡 바닥은 보이지 않는다. 그것만 봐도 계곡이 얼마나 깊은지 알 수가 있었다.

"얼마나 걸릴까요?"

옆에 있던 베네사 남작의 일행이자, 리스트란 공작이 블랙 기사단원들과 같이 파견했던 4서클의 마법사 루카스가 중얼거리듯이 물어 왔다.

자존심상 대놓고 물어보지는 못하는 모양이었다.

자신은 대루머스 제국의 4서클 마법사.

같은 4서클 마법사라도 해도 망해 가는 왕국의 마법사와는 격이 다르다고 생각하는 듯했다.

하지만 7서클의 위대한 대마법사가 신뢰하는 것은 김춘

추였으니.

이곳에서만큼은 김춘추의 명령을 따라야 했다.

그것이 원정대의 암묵적인 동의였다.

"한 반나절 정도?"

"한 치 앞도 안 보이는데 그걸 어떻게 압니까?"

"글쎄요. 내려가다 보면 알겠죠."

김춘추가 가볍게 대답했다.

쉽지 않은 일이라고 애초에 생각한 탓인지, 그는 계곡의 위용에도 그다지 동요되지 않았다.

오히려 짜릿한 흥분감이 올라오고 있었다.

지구와는 너무도 다른 환경의 판테온.

만약 판테온에 넘어오지 않았더라면 이런 모험을 할 수 있었을까.

'흠, 난 판테온이 잘 맞네.'

김춘추의 얼굴에서 가벼운 미소가 일렁였다.

◈ ◈ ◈

원정대는 거의 반나절을 계속해서 밑으로 내려갔다.

그때, 누군가 외쳤다.

"바닥이 보입니다!"

"우와!"

"와와……!"

여기저기 웅성대는 소리가 들렸다.

김춘추는 재빠르게 대마법사에게 경고의 눈빛을 주었다. 다행히 대마법사가 금방 알아채고는 외쳤다.

"조용!"

대마법사가 나팔같이 생긴 아티팩트를 들고 소리치자 순식간에 주변의 소란은 잠재워졌다.

"……."

"……."

김춘추는 대마법사에게 말했다.

"이제부터가 중요합니다. 다들 언제든지 무기를 꺼낼 수 있도록 만반의 준비를 시켜 주십시오."

"알겠네."

대마법사는 김춘추의 말에 다시 나팔을 들었다.

스캉.

쓰윽.

대마법사의 외침에 원정대원들은 각자 자신이 사용하는 무기의 위치를 확인하거나 빼 들었다.

바닥이 보이는 이상, 이제 내려가는 것은 두렵지 않다.

꾸룽꾸룽.

어디선가 기묘한 소리가 들려왔다.

김춘추는 소리가 들려오는 방향으로 고개를 돌렸다.

아직 원정대원들은 눈치채지 못한 것 같다.

아무래도 김춘추가 남들보다 청각이 몇 배나 발달된 까닭에 제일 먼저 눈치채는 것이 가능했다.

"무언가 빠르게 이쪽으로 오고 있습니다."

김춘추의 말을 들은 대마법사의 얼굴에는 긴장의 빛이 역력했다.

"분명한가?"

그는 마법으로 자신의 신체 능력을 강화시키려고 했으나 아직까지 마법은 작동되지 않고 있었다.

"내려갈 때까지는 어려운가 보네."

대마법사의 눈동자가 흔들렸다.

바닥에 내려가면 마법을 시현할 수 있을까?

사실 그도 모르는 일이 아닌가. 그저 그렇게 주장하고 싶을 뿐.

블랙 드래곤이 계곡 아래에 사니 마법이 작용된다고 믿는 것뿐이다.

사실 그럴듯한 추리였고, 그 추리는 맞았다.

마법은 드래곤의 것.

그러니 드래곤이 사는 곳에 마법이 작용하는 것은 너무도 당연했다.

역으로 마법이 작용하지 않는 곳에 드래곤은 살지 않을

테니.

"다들 준비하라고 해 주십시오."

김춘추는 소리 나는 쪽을 한 번 더 바라보고는 대마법사에게 말했다.

그러고는 품에서 파이어 볼을 꺼내 들었다. 지구에서 보면 일종의 다이너마이트 같은 것이었다.

확실히 이런 면에서 마법사들은 지구의 공학자들과 같은 종족이다.

"이것이 충분해야 할 텐데."

준비한 파이어 볼은 900개.

물론 사람 수대로 지급하지는 않았다.

그들을 향해 날아오는 몬스터 수가 이보다 많지 않도록 기도해야 한다.

아니, 앞으로 마주치게 될 몬스터를 생각하면 최대한 파이어 볼을 아껴야 했다.

김춘추는 어깨에 메어 둔 스피어를 꺼내 들어 오른손에 단단히 잡아 쥐었다.

최대한 근접전으로 가야 한다.

크릉. 크크릉.

김춘추가 바라보는 방향에서, 이제는 원정대원들조차 똑똑히 들을 수 있을 만큼의 큰 소리가 났다.

"와이번이다!"

대마법사가 외쳤다.

와이번.

두 발을 지닌 날개 달린 드래곤.

김춘추는 와이번의 모습을 똑똑히 볼 수가 있었다.

사자의 머리, 전갈의 꼬리에 박쥐 날개를 가졌고, 껍질은 매우 단단해 보였다.

스피어로서는 쉽게 뚫릴 것 같지는 않다.

'힘든 싸움이 되겠군.'

무리를 지어 날아오는 와이번들을 보면서 김춘추는 생각에 잠겼다.

수는 대략 4~50마리.

이들이 가지고 온 파이어 볼을 제대로 던진다면 어렵지 않은 싸움이기는 했다.

하지만 와이번의 비행을 보자면 그 궤적을 짐작할 수가 없었다.

와이번들은 이들을 향해 날아오면서도 이리저리 자세와 방향을 바꾸어 가면서 날고 있었기 때문이다.

제법 영리하다.

김춘추는 블랙 기사단원들과 용병들 중 몇몇에게 신호를 주었다.

파이어 볼의 정확성을 높이기 위해서 사전에 활을 잘 쏘는 이들을 선발해 놓았던 것이다.

바하트 계곡 • 93

슉슉슉슝.

화살이 이들을 떠나 와이번들을 향해서 날아갔다.

파앙.

파아아아악.

그러자 순식간에 와이번들의 날개와 몸통, 머리에 불이 번져 갔다.

파이어 볼이 제대로 명중한 셈이었다.

"어떤가?"

대마법사가 눈을 찡그리면서 와이번들을 바라보았다.

거대한 불길에 휩싸인 와이번 수십여 마리가 그대로 바다에 추락하고 있었다.

하지만 아직까지 기운차게 이들을 향해 날아오는 와이번들도 많았다.

김춘추는 다시 신호를 주었다.

활을 든 기사들과 용병들이 파이어 볼을 일제히 와이번에게 쏘았다.

슈우욱.

파아앙.

파앙!

화살은 정확하게 와이번의 몸통에 명중했다.

끼아아아악!

끼악!

와이번들은 비명을 지르면서 바닥에 추락하기 바빴다. 하지만 그대로 이들을 향해 날아오는 와이번들도 여전히 존재했다.

"다들 조심해!"

김춘추와 대마법사가 외쳤다.

스릉.

캉.

다들 무기들을 손에 쥐고 자신들을 향해 날아오는 와이번을 겨냥했다.

와이번들은 끈질겼다.

파이어 볼을 맞고도 원정대원들을 향해 날아오는 모습이 마치 악마와 다름없었다.

몇몇 용병들의 얼굴에는 기가 질렸다는 표정이 일었다. 물론 리디아와 캘리 공녀도 마찬가지였다.

베네사 남작 역시.

밧줄에만 의지한 채 계곡으로 내려오는 이들이 움직일 수 있는 반경에는 한계가 있다.

자유롭게, 불길에 휩싸여서 날아오는 와이번들과는 달리 피할 곳이 없는 것이다.

다들 자신에게 와이번이 날아오지 않기를 속으로 빌고 빌었다.

하지만 와이번의 공격은 무차별했다.

게다가.

크릉크릉.

또 한 무더기의 와이번들이 계속해서 날아오고 있었다.

"궁수들보고 좌우로 붙으라고 하십시오."

넋을 놓고 와이번이 날아오는 모습을 보고 있는 대마법사에게 김춘추가 급히 말했다.

"차라리 자네가 명령하게."

대마법사는 자신의 목에 걸린 나팔을 황급히 떼어 김춘추에게 건네주었다.

아무래도 대마법사에게 전시 상황에 맞는 지시를 기대하는 것은 어렵다.

하여, 김춘추는 재빨리 나팔을 받아 쥐었다. 대처가 늦을수록 희생자가 많아지기 때문이다.

"궁수들의 좌우로 최대한 붙으십시오!"

김춘추의 말에 기사단원들과 용병들은 자신과 가장 가까운 궁수들 옆으로 움직였다.

계곡, 그것도 낭떠러지에 매달린 채 움직이는 것은 쉽지 않았다.

하지만 김춘추가 사전에 각 사람의 위치를 설정해 준 덕에 궁수들은 좌우 호위를 받을 수가 있었다.

슈슉슉!

화살은 계속해서 앞으로 빗발쳐 날아갔다.

휘익 휙.

스피어나 롱 소드를 휘두르는 기사들과 용병들의 손길도 바빠졌다.

김춘추는 남들보다 탁월한 시각과 청각을 가졌으므로 주변 상황을 적절하게 살피면서 나팔을 들고 계속해서 지시를 내렸다.

물론 그 와중에 리디아, 캘리 공녀, 루카스와 대마법사의 안전도 책임져야 했다.

아그레스야 무서운 척하고 있을 뿐이지.

크릉릉!

날개에 불이 붙은 와이번 한 마리가 비명 소리를 내면서 리디아 쪽을 향해 날아왔다.

리디아는 황급히 파이어 볼을 던졌다.

쉬익.

하나, 와이번은 와이번이었다.

날개가 타고 있는 와중에도 자신을 향해서 날아오는 파이어 볼을 피하고 있었다.

김춘추는 재빨리 낭떠러지, 바위를 힘차게 박찼다. 그 반동으로 그의 몸이 허공에 떴다.

휘익.

"여기야!"

김춘추는 일부러 소리를 질렀다.

리디아를 노리던 와이번이 그 소리를 듣고 방향을 바꾸어 김춘추를 향해 날아왔다.

'조금만 더.'

김춘추는 스피어를 손에 잡은 채 침착하게 와이번을 노려보았다.

휘익.

획.

크릉.

와이번의 눈매가 번뜩였다.

김춘추를 향해서 와이번의 입이 크게 벌려지는 순간.

'지금이다.'

김춘추는 스피어를 들어 와이번의 목덜미를 향해 내리찍었다.

컥!

와이번이 비명을 지르면서 몸을 흔들었고, 그 바람에 김춘추의 몸도 같이 흔들렸다.

휘청.

"위험해!"

리디아가 그 광경을 보고 비명을 질렀다.

씨익.

김춘추가 순간 미소를 지었다.

그는 와이번을 포기할 생각이 없었다.

콰악.

스피어가 마침내 와이번의 목을 관통했다. 김춘추의 스피어가 와이번의 목에 박힌 것이다.

대롱대롱.

크크릉!

와이번은 비명을 지르면서 그대로 바닥에 추락하기 시작했다.

탁.

김춘추는 스피어를 와이번의 목에 꿴 채로 몸을 날려 와이번의 등에 올라탔다.

이대로 바닥까지 내려갈 생각이었다.

활활.

와이번의 날개에 붙은 불길은 이제 몸통에까지 타오르고 있었다.

하지만 김춘추는 와이번의 등에서 내려오지 않았다.

남들보다 먼저 바닥에 내려가는 것이 중요하다는 판단에서였다.

대마법사가 나팔을 건네준 순간, 이 원정대의 최고 책임자는 김춘추다.

그렇다면 모든 것을 남들보다 한발 앞서서 조사하고 파악해야 한다.

그것이 갖는 의미를 누구보다 잘 아는 김춘추로서는 지금 와이번의 등을 타고 바닥까지 일사천리로 가는 엘리베이터 행을 놓칠 수가 없었다.

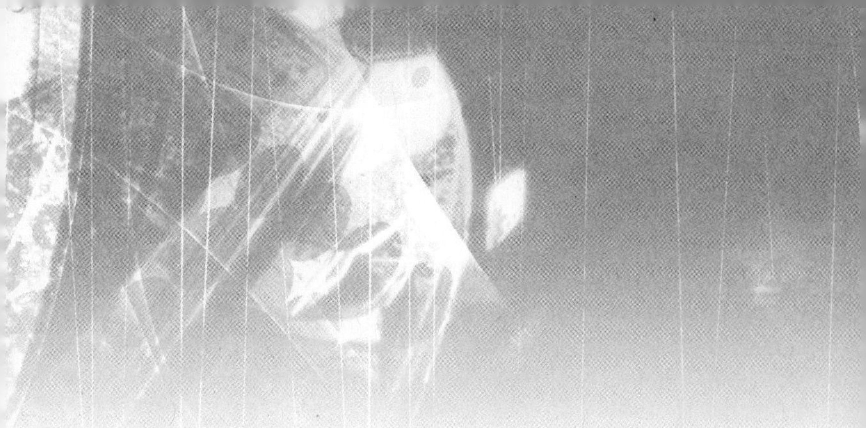

제4장

블랙 드래곤

꺄오!

와이번이 무시무시한 속도로 바닥으로 추락하면서 비명을 질러 댔다.

불길은 이제 김춘추의 코앞까지 다가왔다. 이대로 타고 있다가는 화염의 재가 되기 딱 좋다.

김춘추는 재빨리 아래를 살폈다.

'이 정도면 됐군.'

휘익.

그는 불길이 치솟은 와이번의 등에서 뛰어내렸다.

탁.

무사히 착지.

'휴.'

김춘추는 이마에 흐르는 땀을 닦아 냈다.

생각보다 높지 않았다.

그 덕에 상처 하나 없이 계곡 바닥에 발을 디딜 수가 있었다.

그는 아무런 감흥 없이 주위를 둘러보았다.

판테온의 인간들이었다면 바하트 계곡에 발을 디딘 최초의 인간이라고 호들갑을 떨었을지도 모른다.

계곡 위에서나 내려오면서 보았던 풍경과는 다른 광경들이 펼쳐져 있었다.

물론 여기저기 와이번들의 시체가 놓여 있었지만, 계곡 아래의 풍경을 크게 해치지는 않았다.

푸른 초원, 그리고 시원한 바람.

이름 모를 들꽃들이 한없이 펼쳐져 있는 계곡 아래는 그야말로 아름답기 그지없었다.

블랙 드래곤이 이런 곳을 인간들에게 개방하지 않으려고 한 이유가 이해가 되기도 했다.

"괜찮군."

김춘추는 나지막이 중얼거렸다.

그리고 낭떠러지가 펼쳐져 있는, 그들 일행이 내려오고 있는 절벽 쪽을 바라보았다.

지금쯤이면 전투가 끝났을 것이다.

50여 마리의 와이번과 그 후 나타난 3, 40여 마리의 와이번 정도는 900개의 파이어 볼로 충분히 처리할 수가 있다.

물론 파이어 볼을 최대한 아끼면서 승리하면 좋겠지만, 죽음의 공포 앞에서는 인간의 본능은 어쩔 수가 없다.

쿵.

쿠쿵.

와이번들이 여기저기 바닥으로 추락하고 있었다.

김춘추는 떨어지는 와이번들의 수를 세는 것을 잊지 않았다.

'이겼군.'

당연한 결과지만, 지금 떨어진 와이번들의 수로 보아 싸움은 거의 끝났다.

게다가 절벽 위, 검은 운무를 뚫고 사람들의 모습이 하나둘씩 보이기 시작했다.

'이럴 때가 아니지.'

김춘추는 자신의 몸을 관조했다.

계곡에 내려올 때와는 달리 4개의 서클이 뚜렷하게 떠오른다. 이는 마법을 사용할 수 있음을 뜻했다.

그때였다.

휘이익.

한 줄기 바람이 불어왔다.

그러자 놀라운 일이 생겨났다.

바닥에 널브러져 있는 와이번의 시체 주위로, 죽은 와이번이 흘린 피가 땅속으로 스며들었다.

그다음, 와이번의 시체가 흔적도 없이 사라졌다.

'이런.'

김춘추의 미간이 좁아졌다. 좋지 않은 예감이 그의 머릿속에 쳐들어왔다.

"다들 최대한 전속력으로 내려오십시오."

김춘추는 나팔을 들고 외쳤다. 곧 좋지 않은 일이 생길 것 같다.

무작정 절벽에서 내려오다 봉변을 당할 수는 없다.

또한 그들을 지키느라 먼저 내려온 사람들이 제대로 싸우지도 못하고 방어만 하다가 죽어 나갈 수가 있었다.

착.

탁.

먼저 블랙 기사들 몇몇과 용병들이 바닥에 착륙하기 시작했다.

그들 바로 뒤로 마법사들이 내려오고 있었고, 그 뒤로 나머지 사람들이 조심스럽게 내려오는 중이었다.

"기사들과 용병들은 마법사들을 보호하도록!"

김춘추는 그렇게 외치면서, 자신이 칠 수 있는 가장 강한 4서클의 실드를 그들에게 쳤다.

바닥까지 내려와야 마법사들은 마법을 사용할 수가 있다.

그때까지는 안전하게 보호해야 한다.

어떻게 된 일인지 이곳은 땅에 두 발을 디뎌야 마나가 가슴으로 흐르고 서클이 활성화되기 시작했다.

참으로 요상한 곳이 아닌가.

"스켈레톤이다!"

그때, 누군가의 고함 소리가 이어졌다.

주르르륵.

주욱.

땅으로 스며든 와이번의 피와 와이번의 시체가 사라지고, 그 자리에 스켈레톤이 하나둘씩 생겨나기 시작했다.

그렇게 한순간에 100여 마리의 스켈레톤이 생겼다.

"매직 애로우!"

김춘추가 외치자 마법으로 만든 화살들이 스켈레톤들에게 무차별하게 날아갔다.

어느새 먼저 착륙한 기사들과 용병들이 스켈레톤 무리를 향해서 시미터나 투 핸드 소드, 브로드 소드 등 각자의 무기를 휘두르고 있었다.

본래 스켈레톤들은 지능이 없다. 그런데 이놈들은 아닌가 보다.

흔히 알려진 스켈레톤들과는 달리 무기를 휘두르는 인간들을 피할 줄 알았고, 거기다 절벽에서 내려오고 있는 인간들을 향해 올라가는 스켈레톤들도 있었다.

제법이었다.

김춘추가 사전에 아직 내려오지 않은 마법사와 기사들, 용병들을 보호하기 위해서 몇몇 이들을 남겨 놓지 않았더라면 이들은 내려오지도 못하고 스켈레톤들에게 꼼짝없이 당했을 판이었다.

김춘추도 연신 매직 애로우를 쏘아 대면서 절벽에서 내려오는 이들 중 바닥과 가장 가까운 자들에게 실드를 쳐 주었다.

아무리 4서클의 마법사라지만 동시에 마법을 시현하는 것은 쉽지 않은 일이었다.

크크크크크륵!

어느새 스켈레톤은 수백여 마리로 불어났다.

"이놈들은 죽지도 않아!"

한 용병이 투덜대면서 시미터를 휘둘러 댔다.

시미터는 완만하게 구부러진 날 부분과 손잡이가 반대 방향으로 구부러져 있었는데, 이는 베기에는 매우 적당한 구조였다.

전체 길이가 8~90센티미터이고, 간혹 1미터가 넘는 경우도 있었지만 대부분 1미터를 넘지 않는 것을 사용했다.

주로 몬스터들과 자주 근접전을 펼치는 용병들이 시미터를 사용하는 것을 선호했다.

"목을 노려!"

김춘추가 싸우고 있는 이들에게 외쳤다.

그의 말을 들은 기사들과 용병들은 스켈레톤의 목을 향해서 무기들을 휘둘렀다.

하지만 그게 어디 쉬운가. 스켈레톤도 만만하게 자신의 목을 내놓지는 않는다.

어느새 한 사람의 기사와 용병 주위로는 수십 마리의 스켈레톤들이 둘러싸고 있었다.

절대적으로 불리한 상황이었다.

한 사람이 밀리면 절벽에서 내려오는 이들조차 당한다. 모두가 이를 악물고 무기를 휘둘러 댔다.

'무슨 좋은 방법이 없을까?'

김춘추는 아랫입술을 깨물었다.

이대로는 당한다. 절대적으로 숫자에서 밀리기 때문이다.

'음, 타깃을 정하면 어떨까?'

김춘추는 다시 주문을 시현했다.

"타깃, 매직 애로우!"

김춘추가 주문을 외우자, 허공에서 나타난 화살들은 스켈레톤의 목 한가운데를 노리며 날아갔다.

마법을 이용해서 화살을 만들어 내는 것도 모자라서 각 화살들이 타깃의 목을 겨냥해서 뚫는 기술.

휘익.

퍽.

획!

퍼퍽!

순식간에 스켈레톤들이 우수수 쓰러지기 시작했다.

기사들과 용병들은 입을 딱 벌렸다.

이게 가능한 마법인가?

그들이 아는 매직 애로우와는 전혀 다른 신기술이었다.

인간과 스켈레톤이 혼재돼서 싸우는 와중에 오직 스켈레톤의 목에만 화살이 꽂히다니.

정말 말이 안 됐다.

하지만 그 말이 안 되는 광경을 지금 그들의 눈으로 보고 있지 않은가?

"마, 마법사님, 이런 마법도 있습니까?"

한 용병이 말을 더듬으면서 물어 왔다.

"편하지 않습니까?"

김춘추가 씨익 웃었다.

'이 양반, 그게 문제가 아니고 이런 놀라운 마법이 어디 있어?'

용병은 속으로 외쳤다. 하지만 차마 입 밖으로 꺼내지는 못했다.

마탑에서 새로운 마법을 개발해서 선보였을 수도 있었기 때문이다.

괜히 무식하다는 소리를 들을까 봐 용병은 입을 다물었

다. 하지만 김춘추를 보는 그의 눈빛에는 경외심이 배어 있었다.

어쨌거나 놀라운 마법, 신기술이었다.

이런 최신 기법의 마법을 선보이는 젊은 마법사가 부러울 따름이었다.

게다가 아직 20세밖에 되지 않았다니.

그의 앞날은 지금 절벽에서 내려오고 있는 대마법사보다 더 창창할 수도 있다.

탁.

차착.

타탁.

대부분의 사람들이 드디어 계곡 아래로 내려왔다.

내려오자마자 전투를 벌이던 이들도 이제는 휴식을 취하면서 계곡의 정경에 취해 있었다.

산들거리는 바람, 그리고 드넓게 펼쳐진 초원.

"수고했네."

대마법사가 김춘추의 공을 치하했다.

"내려오는 동안 5명을 잃었군요."

김춘추는 고개를 저으면서 말했다.

대마법사는 뭐라고 말을 하려다가 입을 다물었다.

모험을 떠난다는 것은 목숨을 내놓는 것과 일통한다.

모두가 모험에 성공해서 보물을 가지고 고향에 돌아간다

는 확신 따위는 없다.

그런 꿈과 희망을 안고 모험을 떠나는 것이지.

나는 집으로 귀향할 수 있다는 거짓 믿음을 가지고 말이다.

하지만 그런 얘기 따위, 눈앞의 이 젊은이에게 할 필요가 없다고 판단했다.

괜히 긁어 부스럼이지.

"방금 얘기 들었어요. 오빠가 펼친 마법 기술 좀 가르쳐 줘요."

그때, 리디아가 그들의 곁으로 다가오면서 속사포처럼 말했다.

그녀의 눈빛은 기이한 열정에 사로잡혀 있었다.

'얘가 왜 이러지?'

"으음?"

김춘추는 그 말을 이해하지 못했다.

"어떻게 스켈레톤의 목구멍만 노리고 마법 화살이 날아갈 수 있어요?"

"그거야 범위를 설정하고, 타깃을 정했으니까."

김춘추는 아무렇지도 않게 말했다.

"그게 가능한 기술?"

리디아가 어이 없어 하는 표정을 짓자, 대마법사가 옆에서 한마디 했다.

"4서클에서는 무리지."

매직 애로우는 1서클 마법사라도 간단하게 시현할 수 있는 기초 마법이었다.

2서클, 3서클, 4서클로 올라갈수록 좀 더 오랜 시간 동안, 좀 더 많은 화살들을 쏟아져 나오게 할 수는 있었지만 아예 타깃 자체를, 그것도 한둘이 아닌 수백의 타깃 가운데 오로지 한 곳만 설정해서 화살들이 날아가게 한다는 것은, 아무리 컨트롤의 제왕이라고 해도 거의 불가능한 일에 가까웠다.

그것을 김춘추는 아무렇지도 않게 했다.

사실 그에게는 마법의 한계가 없다.

물론 그가 부릴 수 없는 5서클, 6서클 등의 마법은 시현할 수 없지만, 사용 가능한 마법을 가지고 변칙적으로 시현할 수 있다는 것 자체만으로도 판테온에서도 일어나기 희박한 놀라운 일이 아닐 수 없었다.

"휴우, 난 괴물과 경쟁하는 거네."

리디아가 중얼거렸다.

같은 4서클 마법사지만, 정말 부럽다.

하긴, 관악산에서 처음 김춘추에게 서클이 생겨났을 때도 이와 같은 느낌을 받았다.

상식적으로 상식적이지 않는 사람.

마치 괴물과도 같은…… 어찌 보면 타고난 마법 천재였다.

그가 만약 지구에 태어나지 않고 판테온에 태어났더라면 어떤 마법사가 되었을까.

리디아는 기가 질린다는 표정으로 김춘추를 바라보았다.

김춘추는 아무렇지도 않게 되물었다.

"그게 그렇게 어려운 거였어?"

"됐거든요, 오빠."

리디아가 방긋 웃으면서 말했다.

어찌 됐건, 김춘추가 네 번째 반지를 빨리 찾는 것이 중요하다.

반지를 찾는 그의 여정이 끝남과 동시에 그녀의 목적이 달성될 가능성이 높았다.

아니, 반드시 그럴 것 같다.

지구에 오자마자 김춘추를 만났다는 것은 단순히 우연이 아니었다.

그녀는 그간 김춘추의 행적으로 보면서 그런 확신을 갖게 되었다.

마법 주문이 틀린 게 아니다.

그분이 계신 곳으로 김춘추가 그녀를 데려다줄 것이다. 물론 그도 그분이 어디 계신지는 모르겠지만.

김춘추의 여정에 따라서 그분의 거취도 드러날 것이라는 생각이 들었다. 이미 김춘추 덕에 그분이 남긴 유물을 얻었으니까.

리디아는 자신도 모르게 허리에 꽂혀 있는 그분이 남긴, 단검의 손잡이에 손을 갖다 대었다.

그분의 온기가 느껴지는 것만 같다.

이번 네 번째 반지를 찾는 여정 속에서 그분에 대한 단서를 하나라도 더 빨리 발견했으면 하는 욕심도 있다.

판테온에 다시 돌아오고도 가 보지 못한 고국.

아직은 모두가 무사한, 망한 왕국이라는 소리를 듣고 있는 과거 대제국의 영광이 서렸던 고국 지그에논.

그립다.

아버지도 어머니도, 그리고 오빠도.

하지만 빈손으로 돌아갈 수는 없다.

김춘추는 리디아의 눈에 맺힌 눈물을 보았다.

저래 봬도 아직 겨우 17세의 소녀.

"여기서 보물 챙기면 지그에논으로 넘어가 보자."

김춘추의 말에 리디아가 환한 미소를 지면서 물어 왔다.

"정말 그래도 돼요?"

"시간만 허락되면 바로 가고. 안 되면 다음 방문 때는 무조건 지그에논."

김춘추는 그녀의 기대를 깨고 싶지 않아 솔직하게 대답해 주었다.

"아, 그렇죠. 시간……. 우리에겐 시간이 문제네요."

"할 수 없지."

김춘추가 어깨를 으쓱대면서 말하자, 리디아는 길게 한숨을 쉬었다.

"휴우."

김춘추가 그런 리디아의 어깨를 가볍게 토닥이면서 위로했다.

"걱정 마. 반지를 못 찾더라도 보물은 꼭 챙겨서 집으로 갈 테니."

"약속했어요. 저 다 주는 거예요!"

"어, 그게 왜 그렇게 돼?"

"지그에논으로 보물 가져간다고 했잖아요? 크크."

리디아가 밝게 웃으면서 말했다.

"10분의 1은 내가 챙기고."

"칫."

리디아가 입을 삐죽 내밀었다.

이곳에서 얼마나 많은 보물을 챙길 수 있을지는 모르지만, 무려 드래곤의 둥지가 있는 곳 아닌가.

그러니 엄청난 보석들과 금화들이 있을 것이라고 어렵지 않게 추리할 수 있다.

그 보물들을 지그에논 왕국에 가져다줄 수만 있다면, 적어도 왕국의 재정이 탄탄해지는 데에는 꽤나 도움이 될 것 같았다.

"내 돈이 곧 지그에논 돈이지."

김춘추가 그렇게 말하면서 웃었다.

리디아가 호기심 가득한 얼굴로 물었다.

"보물이 생기면 뭐할 건데요?"

"사업해야지."

"사업? 여기 판테온에서요?"

"그럼 어디서 해?"

김춘추가 당연하다는 듯이 반문했다.

그때, 그들의 옆에 서 있는 대마법사가 뭔가 알 수 없는 표정을 잠시 지었다.

그의 눈은 김춘추에게 박혀 있었다.

"아, 그렇긴 하죠."

자신들의 옆에 서 있는 대마법사의 존재를 그제야 의식한 리디아가 어색하게 웃으면서 대꾸했다.

"오빠는 어디서건 사업밖에 모르네요. 호호호."

그녀는 의식적으로 소리 내어 웃었다.

"거참, 마법사가 사업을 한다는 소리는 처음 듣는군."

대마법사가 머리를 갸우뚱거리면서 중얼거렸다.

거의라도 해도 좋을 만큼 마법사들은 오로지 마법 연구에만 일평생을 바치기 때문이다.

그런 면에서 눈앞의 젊은이는 매우 독특한 존재였다.

만약 서클이 있다는 것을 느끼지 못했더라면, 마법사라고는 꿈에도 생각하지 못했을 것이다.

"우리 오빠는 정말 독특해요."

리디아가 옆에서 맞장구를 쳤다.

"으으……."

갑자기 김춘추의 표정이 심각하게 변하고 있었다.

"오빠, 왜 그래요?"

리디아가 의아하다는 듯이 물었다. 그에 김춘추는 고개를 저으면서 말했다.

"아무래도, 블랙 드래곤이 깨어나려고 하는 것 같은데요?"

"그, 그게 사실인가?"

순간, 대마법사가 불에 덴 듯한 표정으로 물었다.

"지축이 울리는데요?"

말을 하는 김춘추의 얼굴이 어두워졌다.

"이럴 수가!"

대마법사는 김춘추의 말이 맞는지 확인하기 위해서 황급히 탐지 마법을 시현했다.

◈ ◈ ◈

대마법사는 김춘추가 알려 준, 지축이 울리는 소리가 나는 방향을 향해 탐지 마법을 걸었다.

곧 그의 얼굴이 더욱 어두워져 갔다.

모두가 숨을 죽이고 대마법사만 바라보았다.

가장 최악의 순간이 이들에게 아직 오지 않은 것이다.

그리고 그 최악의 순간은 너무도 빨리 이들 앞에 다가오고 있었다.

"휴우, 블랙 드래곤은 웨이크닝 중일세."

대마법사가 한숨을 쉬면서 말했다.

그의 말은 곧 원정대 전체에게 퍼져 나갔다.

웅성웅성.

모두가 불안에 휩싸인 얼굴이었다.

심지어 일부 용병들은 다시 절벽을 기어오르려고 하고 있었다.

'동요를 막아야 해.'

김춘추는 소란스러운 원정대를 보면서 생각했다.

그는 곧 대마법사에게 질문을 던졌다.

"이 계곡 전체가 드래곤의 둥지입니까?"

"그 질문의 뜻은 무엇인가?"

김춘추의 질문에 대마법사가 도리어 반문했다.

바하트 계곡에 블랙 드래곤이 산다는 것을 안 이후, 대마법사는 당연히 이 계곡 전체가 드래곤의 둥지라고 생각했다.

비록 검은 운무에 가려서 바하트 계곡이 얼마나 넓은지 제대로 파악할 수는 없었지만.

검은 운무와 블랙 드래곤.

제법 말이 되는 상황이었기 때문이다.

"둥지에 대해서 제가 잘 모르겠지만, 음… 이 계곡 안은 뭔가 2개로 나뉘어져 있는 느낌입니다. 물론 블랙 드래곤이 이 계곡 전체를 수호하고는 있겠지만……."

"뭐라? 자네 말은 블랙 드래곤이 이 바하트 계곡의 주인이 아니란 뜻인가?"

"어쩌면 대마법사님이 말씀하신 고대 신전이 더 우위에 있을지도 모르겠다는 생각이 들어서요."

그렇게 말하면서 김춘추는 끝없이 펼쳐진 평야, 자신의 앞을 바라보았다.

웨이크닝 소리는 그의 등 뒤에서 들려오고 있었다.

"흠, 만약 그 생각이 맞는다면 우리 원정대는 신전 쪽으로 최대한 빨리 전진해야겠군."

"그 길만이 살길이겠죠. 드래곤의 웨이크닝이 얼마나 깁니까?"

"글쎄, 언제부터 웨이크닝이 있었는지가 문제일세. 웨이크닝이 계속해서 이어지는 게 아니라 산발적으로 나는 것이니."

"계곡 위에서 확인한 것은 무엇입니까?"

"드래곤의 소리가 나는지 확인한 걸세. 초보적인 아티팩트라고 생각하면 되네. 아무리 내가 7서클이라고는 하나,

마법이 작용되지 않는 이곳을 탐지하기 위해서 만든 아티팩트가 정밀할 수는 없지."

"그렇군요."

김춘추는 일부러 대마법사의 말에 고개를 크게 끄덕여 주었다.

하지만 리디아나 다른 이들의 얼굴 위로는 대마법사에게 크게 실망하는 표정이 떠오르고 있었다.

헬레니드 대륙에서 7서클이란.

그 존재의 의미가 매우 컸다.

하지만 위대한 대마법사의 한계가 너무 쉽게 노출된 셈이었다.

이들이 갖고 있는 대마법사에 대한 신앙에 금이 가고 있었다.

"오호옹, 아무래도 우리 빨리 달려야겠는뎅."

그때, 아그레스가 불쑥 한마디 했다.

김춘추는 그녀의 말에 화들짝 놀랬다.

"오고 있습니까?"

"걔가 정신 차린 것 같아. 나 클났다아앙."

아그레스가 한숨을 푹 쉬면서 말했다.

"각자 맡은 조대로 함께 움직이면서 다들 이 방향으로 최대한 빨리 전진해 주십시오."

김춘추가 황급히 나팔을 들고 크게 외쳤다.

웅성웅성.

잠깐의 소란이 있었지만, 대마법사를 비롯해서 모두가 처음에 짰던 조별로 신전을 향해서 전속력으로 전진했다.

김춘추는 그들이 달려가는 것을 뒤에서 관망하고 있었다.

"왜 안 달려?"

아그레스가 심통 난 표정으로 물었다.

"저랑 같이 블랙 드래곤을 만나러 가시죠."

그녀는 절레절레 고개를 흔들었다.

"싫은뎅."

그러자 김춘추가 씨익 웃으면서 말했다.

"블랙 드래곤이 깨어난 책임을 지셔야죠."

"걔가 왜?"

"제 느낌은 그렇거든요. 다른 드래곤의 침입을 느끼고 블랙 드래곤이 깨어나다."

"칫."

아그레스가 입술을 삐죽 내밀었다.

"그러니 함께 방문하시죠."

"싸움밖에 더 나겠어엉?"

"그래도 할 수 없죠. 블랙 드래곤이 고대 신전을 수호하는 존재라면 우리가 아무리 해명을 해도 싸우려 들겠죠. 원정대를 가만히 두지는 않을 거라 이겁니다."

"그러면 걔가 나타날 때까지 신전에 가면 되잖아?"

"그게 가능할까요? 벌써 날갯짓 소리가 들리는데."

"칫, 너무 잘 아는 것도 곤란해."

아그레스가 재미없다는 표정을 지었다.

"어쨌거나 이 방법만이 아그레스 님이 원정대에게 드래곤임을 들키지 않을 수 있잖아요."

김춘추가 아그레스를 달랬다.

"그, 그렇긴 하지."

"여기서 우리가 블랙 드래곤님을 뵙고 사정을 잘 말해서 해결하고 원정대에 합류하는 것이 옳다고 봅니다."

"간사한 것. 블랙이가 뒤에 벌써 와 있는 걸 아는군."

아그레스의 입이 더욱 삐죽 내밀어졌다.

"뭐, 저도 살아야죠."

김춘추가 능글맞게 웃으면서 뒤로 돌았다.

✥ ✥ ✥

블랙 드래곤.

그 덩치가 얼마나 컸는지 머리 쪽은 아예 보이지도 않을 정도였다.

여기가 계곡이 아니라 산이었다면 아마도 블랙 드래곤의 머리는 구름까지 닿았을지도 모르겠다.

계곡도 정말 까마득하게 깊었지만, 블랙 드래곤의 위용

도 만만치 않았다.

블랙 드래곤답게 전신이 검은색으로 둘러싸여 있었지만, 단순히 검은색이 아니었다.

황금빛이 섞여 있는 검은색이어서 그런지 비늘이 금색으로 반짝이고 있었다.

아그레스가 그런 블랙 드래곤의 모습에 감탄했다.

"오, 색깔 한번 기가 막힌데."

[이곳에 무슨 볼일이 있는가? 붉은 드래곤.]

블랙 드래곤이 으르렁대면서 물어 왔다.

하나, 드래곤의 협박에도 불구하고 아그레스는 전혀 신경쓰지 않는다는 듯 투덜거렸다.

"모습 좀 바꿔. 목 아파."

[흠.]

블랙 드래곤은 잠시 무슨 생각을 하는 것처럼 보이더니 일순 거대한 앞발을 들었다.

휘익.

그것만으로도 거대한 바람이 한순간에 일어날 정도였다. 그리고 그 앞발은 김춘추의 머리 위에서 돌연 멈추었다.

[네놈의 일행이겠지?]

"나 년인데?"

[흥, 드래곤은 성별이 없다.]

"난 년이 좋아. 년이라고 해."

순간, 블랙 드래곤의 얼굴 위로 잠시 어이없어 하는 표정이 스쳐 지나갔다.

[미친놈이군. 어쨌거나 이놈은 네놈이 좋아하는 종자일 테지?]

"죽여도 돼."

아그레스는 블랙 드래곤의 협박에도 눈 하나 깜빡하지 않았다.

[아, 그러셔. 좋다.]

블랙 드래곤은 그의 거대한 앞발을 김춘추를 향해서 내리쳤다.

"선더 볼트!"

김춘추는 마법 주문을 외쳤다. 그러자 강력한 번개가 블랙 드래곤의 발바닥을 강타했다.

하지만 블랙 드래곤에게는 그저 간지러울 따름이었다.

[요놈!]

블랙 드래곤이 외쳤다.

휘익.

그 사이 김춘추는 블랙 드래곤의 앞발 위에 올라탔다.

"지렁이도 밟으면 꿈틀대는 법입니다!"

[지렁이인 줄은 아는 놈이군.]

"당신네들 눈에는 그렇게 보이겠죠."

그렇게 말하면서 김춘추는 다음 마법을 시현하기 시작

했다.

[감히, 마법의 주인인 드래곤에게 마법을 시현해? 우습지도 않군.]

김춘추의 패기 앞에서 블랙 드래곤은 기가 차다는 표정을 지었다.

판테온의 마법사들에게는 암묵적인 규율이 하나 있다.

바로 마법의 주인인 드래곤에게는 마법으로 대항하지 않는다.

어차피 이길 수도 없거니와, 마법으로 대항할 경우 드래곤의 화를 더욱 부추길 수 있었기 때문이다.

자신이 인간 따위에게 질 것이란 생각을 전혀 못하는 드래곤으로서는 인간의 만용을 용납하지 않았다.

그런 까닭에 인간에게 마법이 전해져 마법사들이 생겨난 이후, 마법사들은 암묵적으로 드래곤에게는 마법을 사용하지 않았다.

차라리 칼을 들고 대항하면 대항했지.

마법사들이 드래곤에게 정면으로 마법을 사용하는 일은 전무했다.

"아, 마법의 주인이셨습니까?"

김춘추는 능청을 떨었다.

어차피 마법으로는 상대가 되지 않는다. 그것을 알면서도 어떻게든 시간을 끌어 볼 요량이었다.

원정대가 최대한 신전 쪽으로 도망갈 수 있도록.

자신은 어떻게든 살아남을 수 있을 것이란 자신감이 있었기에 하는 행동이었다.

뭐, 시바 여왕을 이 상황에서 떠올렸으니 틀림없겠지.

김춘추는 판테온에서 자신이 죽어 나가는 일은 절대 없으리라는 믿음이 있었다.

그 믿음이 배반당하는 것이야 어쩔 수 없고.

[이이이이놈!]

블랙 드래곤이 소리를 질렀다.

아그레스는 한 발짝 물러나서 팔짱을 끼고 상황을 관조했다.

"저한테만 왜 이러세요?"

김춘추가 항변했다.

[감히 지렁이만도 못한 놈이 마법의 주인에게 마법을 쓰다니. 세 치 혓바닥으로 날 능멸하는가!]

블랙 드래곤이 노기를 띤 채 외쳤다. 그에 김춘추가 블랙 드래곤을 보면서 대꾸했다.

"설마요. 이기지도 못할 텐데. 절 밟으려고 하셔서 순간적으로 습관이 나온 거지요."

[……]

블랙 드래곤이 갑자기 말이 없어졌다.

"블랙 드래곤님?"

김춘추는 블랙 드래곤을 불러 보았다. 그제야 블랙 드래곤이 대꾸했다.

[뚫린 입이라고 말이 많군.]

그리고 그다음 순간, 블랙 드래곤의 덩치가 작아지기 시작했다.

슈슈슛.

어느새 블랙 드래곤이 있던 자리에는 한 사람이 서 있었다. 바로 블랙 드래곤이 인간으로 폴리모프한 것이다.

불그스름한 대춧빛 얼굴에 사자 갈기처럼 사방으로 뻗은 수염이 가득한, 얼핏 보면 산적이라고 오해하더라도 무리가 없는 모습이었다.

"블, 블랙 드래곤님?"

김춘추가 조심스럽게 불렀다.

"흠……."

인간으로 폴리모프한 블랙 드래곤은 김춘추와 아그레스를 번갈아 보면서 잠시 뭔가를 생각하는 눈치였다.

탁.

갑자기 그가 자신의 무릎을 친다. 그러고는 김춘추를 향해서 버럭 고함을 쳤다.

"네놈!"

"왜 그러십니까?"

"내 상대는 저놈이다. 그런데 감히 내 신경을 긁어? 그것이 종자의 역할이더란 말인가?"

"전 아그레스 님의 종자가 아닌데요. 뭐, 저한테 블랙 드래곤님의 신경을 집중시킨 것은 맞습니다."

"뭐라? 종자도 아닌 녀석이……."

"아그레스 님은 지금 블랙 드래곤님의 둥지를 불법 침입 하시지 않았습니까? 사실 그 이유는 저한테 있습니다. 그러니 제가 아그레스 님을 대변해야 할 이유가 있는 거죠."

"인간 놈이 말은 그럴싸하게 하는구나."

블랙 드래곤이 약간은 어이없다는 표정을 지으면서 말했다. 어느새 그의 목소리는 누그러져 있었다.

김춘추의 말을 해석해 보자면, 적어도 두 드래곤의 싸움을 말리고 있는 것이었다.

블랙 드래곤이라고 해서 같은 드래곤끼리 싸우는 것을 좋아하는 것은 아니다.

하지만 붉은 드래곤이 이유 없이 자신의 둥지를 침입한 것을 그대로 봐줄 이유는 없었다.

"둥지 침입은 저도 죄송하게 생각합니다만, 엄밀히 말하면 이곳은 둥지가 아닙니다."

"뭣이라?"

"블랙 드래곤님의 둥지는 저쪽 아닙니까?"

김춘추가 북쪽을 향해서 손가락을 들어 가리켰다.

"으흠, 그래도 이곳은 내 영역이다."

블랙 드래곤 • 129

하나, 그렇게 말하는 블랙 드래곤의 목소리는 한층 잦아지고 있었다.

"이놈아, 네 둥지를 침입한 게 아닌데, 네놈의 영역을 지나간다고 이렇게 싸움을 걸어오는 것은 드래곤 간의 예법이 아니지!"

아그레스가 그제야 끼어들어 한마디 던졌다.

여태껏 실실 쪼개면서 블랙 드래곤과 김춘추를 관망하더니, 이제야 나설 마음이 생겼나 보다.

사실 그녀가 지금 상황을 몰라서 김춘추에게 모든 일을 맡기는 것은 아니다.

그저 김춘추가 이런 상황을 얼마나 잘 해결할 수 있는지 궁금했기 때문이다.

"크흠!"

블랙 드래곤이 헛기침을 했다. 그도 살짝 찔렸던 것이다.

바하트 계곡이 자신의 영역이라고는 하나 이곳 전체가 둥지가 아닌 것은 맞다.

따라서 둥지에 침입하지 않은 이상, 같은 드래곤에게 둥지 침입 죄를 물을 수가 없다.

드래곤의 영역은 워낙 넓었기 때문에, 아무리 드래곤이 희귀하다고 해도 각자의 영역을 피해서만 돌아다닐 수는 없는 노릇이었다.

아무런 소동 없이, 조용히 영역을 지날 때에는 서로 크게 간섭하지 않는 것이 암묵적인 약속이었다.
"…그렇다는데요?"
김춘추가 블랙 드래곤을 보면서 말했다.
"인간 놈이 제법이군."
"그렇죠. 저는 두 분 드래곤께서 싸우지 않기를 바라면서 이렇게 대화가 가능하도록 시간을 벌고 있었으니, 제법 중재를 잘한 셈이죠. 제 목숨을 담보로."
김춘추가 자신의 공을 나열했다.
"내가 이성을 찾을 시간을 네놈이 벌고 있었다고?"
블랙 드래곤이 어이없어 하는 표정을 지었다.
눈앞의 인간은 한마디로 또라이다. 그야말로 간덩이가 부은 인간이었다.
그런데 그게 또 재밌다.
블랙 드래곤은 아그레스를 힐끔 쳐다보았다.
놈인지, 년인지…….
여하튼 아그레스는 뭐가 그리 재밌다는 듯이 히죽히죽 웃으면서 김춘추를 바라보고 있었다.
'저놈이 유희의 상대군.'
블랙 드래곤은 그렇게 생각하면서 김춘추를 다시 바라보았다.
뭔가 특이하다.
바라보면 볼수록, 예사 인간이 아니다.

뭔가 아주 기이한 빛이 그의 주위에서 일렁이고 있었다.

'이 느낌은 뭐지?'

블랙 드래곤이 머리를 갸웃거렸다.

"이게 뭔가?"

그리고 다짜고짜 물었다.

"……?"

그의 질문을 이해할 수 없어 김춘추는 아그레스를 바라보았다.

자신이 이렇게까지 나서 주었으니, 적어도 한 번쯤은 도와주겠지.

김춘추가 블랙 드래곤을 도발하고 나서지 않았다면 지금쯤 아그레스와 블랙 드래곤은 싸움을 벌이고 있었으리라.

그리고 폴리모프하고 있는 동안에는 드래곤끼리 싸우는 것을 별로 좋아하지 않는 아그레스로서는 그것은 그다지 반갑지 않은 상황일 터였다.

이기지 못해서가 아니라 지금의 폴리모프한 모습과 상황이 즐거웠기 때문이다.

그것을 김춘추는 누구보다 잘 알고 있었다.

"쟤, 반지 찾고 있어."

아그레스가 마지못해 한마디 했다.

"어, 반지?"

"알잖아. 차원 문지기."

"쟤가 후보자?"

"뭐, 그런 셈이지."

"재밌는 일이네."

블랙 드래곤의 입이 함박만 해졌다.

"칫."

반면 아그레스의 입술은 삐죽이 나왔다. 마치 리디아가 김춘추에게 짓던 표정처럼.

"나도 간다, 인간."

블랙 드래곤이 김춘추를 뚫어지게 보면서 말했다.

"내 이럴 줄 알았다니까."

그러자 아그레스가 몹시 불편한 표정을 지으면서 투덜거렸다.

이 싸움의 결말이 이렇게 될 줄 알았다면서.

마치 아끼는 간식을 나눠 먹어야 하는 아이 같은 표정이었다.

"에효."

그런 블랙 드래곤과 아그레스를 보면서 김춘추는 한숨을 쉬었다.

지금 그의 눈앞에는, 삼국지에나 나올 법한 장비 같은, 아니 산적 같은 사내와 자신이 귀엽다는 것을 증명하려고 애를 쓰는 붉은 머리카락의 엘프가 서 있었다.

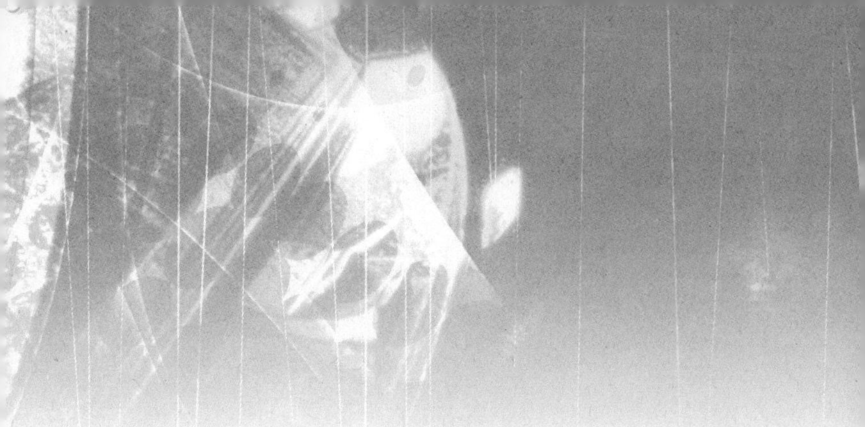

제5장

고대 신전 (1)

 김춘추와 블랙 드래곤, 자칭 퍼거슨 씨와 아그레스는 황급히 원정대가 달려간 방향으로 향했다.
 타아악.
 아아아악!
 크르르릉.
 길이가 10여 미터나 되어 보이는 돌로 만든 골렘 서너 마리가 원정대를 향하여 무지막지한 주먹세례를 날리고 있었다.
 물론 대마법사와 마법사들은 실드를 치는 한편, 기사들과 용병들을 도와주고 있었다.
 "안 도와주십니까?"

김춘추가 블랙 드래곤, 퍼거슨 씨에게 물었다.

"저 양반이 처리하겠는데?"

말과 함께 퍼거슨 씨는 씨익 웃어 보이면서 수염을 만지작거렸다.

김춘추는 대마법사를 바라보았다.

이 소란한 와중에도 마법 주문을 외우고 있는 대마법사.

"다이아몬드 스트라이크!"

대마법사가 두 팔을 벌려 하늘을 향해 외쳤다.

후두둑 후둑.

순간, 하늘에서 3, 40개 이상의 얼음 석순이 떨어지기 시작했다.

김춘추가 그랬던 것처럼, 골렘들에게만 떨어지는 얼음 석순이었다.

얼음 석순 하나하나는 길이가 10미터에 그 지름이 5미터나 되었다. 더구나 석순 끝은 창처럼 매우 날카로웠다.

얼음 석순은 그대로 골렘들의 머리며 몸체에 후두두둑 떨어져 내렸다.

쿵쿠쿵.

쿠쿠콰르르릉.

얼음 석순 더미에 의해 돌로 된 골렘들은 무너져 갔다.

삽시간에 골렘들을 이루었던 돌멩이들이 초원 위를 나뒹굴고 있었다.

"와아아아아!"

골렘들이 쓰러지자 원정대원들은 소리를 질렀다.

김춘추는 재빨리 원정대원들의 수를 헤아렸다. 10명을 잃었다. 대부분 용병들이었다.

어느새 92명이던 원정대는 75명으로 줄어 있었다.

아직 고대 신전에 들어가지도 못했는데 인명 피해가 제법 되었다.

"이 정도면 뭐 잘한 건뎅?"

아그레스가 그런 김춘추의 마음을 읽고는 중얼거렸다.

사실 블랙 드래곤과 아그레스 간에 싸움이 벌어졌든지, 아니 아그레스가 오지 않았다고 해도 블랙 드래곤의 도발이 이어졌다면 이들 원정대는 김춘추를 포함해서 애초에 전멸했을 것이다.

그러니 인간이 한 번도 발을 내딛지 못하던 바하트 계곡에 들어올 수 있었던 것 자체가 놀라운 일이었다.

이 정도 생존율이면 칭찬받아야 마땅한 것이다.

김춘추는 가만히 고개를 끄덕였다.

"골렘이 나타나는 걸 보니 이 근방에 고대 신전이 있는 것이 분명합니다."

"홍홍."

아그레스는 가만히 웃었다.

"껄껄껄."

퍼거슨 씨도 소리 내어 웃었다.

"저분은 누구신가?"

어느새 그들 뒤로 다가온 대마법사가 퍼거슨 씨를 발견했는지 의아한 눈빛을 띠고 물어 왔다.

"검은 운무가 걷힌 것을 보고 계곡으로 내려왔답니다."

김춘추가 그럴싸한, 그러나 뻔히 보이는 변명을 댔다.

"아……."

대마법사의 두 눈이 퍼거슨 씨에게 가 있었다.

'블랙 드래곤의 폴리모프.'

하지만 대마법사는 입을 다물었다.

김춘추가 아그레스와 함께 뒤에 남았다. 블랙 드래곤의 웨이크닝 때문이었다.

그런데 멀쩡한 모습으로 한 인간을 데려왔다.

이 바하트 계곡이 검은 운무가 걷혔다고 해서 그냥 내려올 수 있는 곳인가.

너무도 뻔하다.

저것은 블랙 드래곤이다.

김춘추가 어떤 말로 그를 설득했는지 몰라도, 적어도 자신이 블랙 드래곤임을 밝히기는 싫은 모양이었다.

"커흠."

대마법사의 뒤에서 베네사 남작이 헛기침을 했다. 리디아와 캘리 공녀도 그 좌우에 서 있었다.

다들 눈치 챈 모양이었다.

그렇다고 입 밖으로 '당신, 블랙 드래곤입니까?'라고 물어볼 수는 없는 노릇이다.

그야말로 눈 가리고 아웅이 아닌가.

"캘리 공녀예요."

불쑥, 하얀 손이 그들 사이로 나와서 퍼거슨 씨에게 향했다.

루머스 제국을 떠받드는 기둥 중 제일 강한 리스트란 공작가의 눈을 피해서 도망치는 여인네다운 배짱이었다.

"난 퍼거슨 씨요."

자신을 퍼거슨 씨라고 소개하는 퍼거슨 씨.

"호호, 반가워요. 저희 원정대에 합류하시겠어요?"

캘리 공녀가 웃으면서 물었다.

"합류는 싫은데."

퍼거슨 씨가 딱 잘라 대답했다.

"그러면 구경하세요."

캘리 공녀가 씨익 웃는다.

제법이었다.

김춘추조차 고개를 끄덕이게 만들었다.

"좋아."

퍼거슨 씨가 미소 짓는다.

"호홍, 저도 좋아용."

아그레스가 몸을 비비 꼬면서 끼어든다.

캘리 공녀가 약간은 황당한 표정으로 그런 아그레스를 본다.

너한테 안 물어봤거든?

그런 표정이었다.

'아차, 캘리 공녀는 아그레스의 정체를 모르지.'

순간, 김춘추는 식겁했다.

혹시나 캘리 공녀가 아그레스의 비위를 건드리면 어쩌지. 다행히도 캘리 공녀는 더는 아그레스에게 아무런 말도 하지 않았다.

"고대 신전의 위치가 어디쯤 될까요?"

김춘추가 대마법사에게 질문을 던져 화제를 전환했다.

"이쯤이라고 짐작은 되네. 골렘들이 나타난 것만 봐도. 그들은 신전을 지키는 문지기들이니까."

대마법사는 아까와 비슷한 대답을 내놓았다.

상식적으로 이쯤 되면 이제 신전이 보여야 한다. 그런데 보이지 않는다.

김춘추는 퍼거슨 씨와 아그레스를 쳐다보았다. 묘한 표정으로 보아, 이들은 무언가 알고 있다.

김춘추는 퍼거슨 씨를 보면서 물었다.

"나그네의 지혜를 구합니다."

"지혜라?"

"구경하는 자도 그만한 인정은 있는 법이죠."
"아무런 대가 없이?"
"대가를 원하십니까?"
"저 아가씨를 내 시종으로 삼겠다."

퍼거슨 씨가 캘리 공녀를 가리켰다. 꽤나 마음에 든 모양이었다.

김춘추는 캘리 공녀를 한 번 쳐다보고는 중얼거렸다.

"나그네의 시종이라."

"나그네의 시종이라……. 전 좋아요."

캘리 공녀가 그 말을 듣고 선선히 허락한다.

마법의 주인인 드래곤.

간혹 드래곤의 눈에 들어 마법을 배울 수 있다는 이야기도 전해진다.

더구나 그녀는 안전한 장소가 절실한 상황이었다.

드래곤이 있는 곳만큼 안전한 장소가 이 세상에 어디 있겠는가.

캘리 공녀의 말을 들은 베네사 남작의 얼굴이 거무죽죽해졌다.

캘리 공녀와 베네사 남작의 얼굴을 번갈아 보던 퍼거슨 씨가 씨익 웃는다.

"넌 이제부터 나그네의 시종이다."

퍼거슨 씨의 말에 캘리 공녀가 씩씩하게 대답했다.

"네, 주인 나리."

김춘추로서는 캘리 공녀가 다시 보이지 않을 수가 없었다.

평소 건방지고 오만했던 그녀가, 다른 이들을 우습게 여기는 태도로 일관하던 그녀가 지금은 시종을 자처하고 있었다.

게다가… 주인 나리라니.

그야말로 닭살이 돋을 지경이었다.

'저 여자… 돈 게 아닐까?'

김춘추는 캘리 공녀의 위아래를 훑어보았다.

캘리 공녀가 그런 김춘추의 태도를 보고 뚱하게 말했다.

"그렇게 미친 사람 보는 것처럼 보지 마. 나 안 미쳤거든."

"시종인데?"

"괜찮아. 나 시종 좋아해."

캘리 공녀가 웃는다.

미친 거다. 안 그러면 저렇게 태연하게 웃을 수가 없다.

루머스 제국 황제의 후처이자 리스트란 공작의 막내딸이라더니……. 아니, 입양아랬지.

아무튼 리스트란 공작가의 방계, 그것도 아주 까마득한 방계라고 했다.

혹시 미친 유전자가 있는 게 아닐까?

"이건 기회야."

캘리 공녀가 확신에 찬 어조로 말했다.

"으흠."

퍼거슨 씨가 기분 좋게 웃는다.

자신을 제대로 알아봐 주는 인간을 만났으니 어찌 기분이 좋지 않겠는가.

게다가 저 여자, 인간들 내에서도 신분이 꽤 높은가 보다. 높은 신분의 인간 여자라. 재밌군.

필시 사연이 있겠지.

어쨌거나 그럴수록 더 재밌다.

퍼거슨 씨는 만족스런 표정을 지었다.

"오호홍, 저런 방법이 있었네용."

아그레스가 아깝다는 듯이 중얼거렸다. 그녀의 눈빛은 김춘추를 향해 있었다.

섬뜩.

김춘추는 그 말의 의미를 알아들었다.

진작 자신도 블랙 드래곤처럼 그에게 시종으로 들어오기를 요구할 걸 그랬다는 의미였다.

"이제 약속을 지켜 주십시오."

김춘추가 황급히 퍼거슨 씨에게 말을 걸었다.

"저기 저 골렘 녀석들이 쓰러져 있는 땅 밑이야."

퍼거슨 씨의 대답에 대마법사가 고개를 크게 끄덕이며 인사를 올렸다.

"블, 아니 퍼거슨 씨, 진심으로 감사합니다."

하마터면 블랙 드래곤이란 말이 입 밖으로 나올 뻔했다.

김춘추와 그 광경을 보던 이들은 대마법사의 말에 순간적으로 식겁했다.

폴리모프한 드래곤을 괜히 아는 척하는 것은 굉장히 위험하다.

더구나 애초에 블랙 드래곤이 김춘추에게 못을 박지 않았던가.

자신의 신분을 노출시키지 말라고.

아무리 '눈 가리고 아웅'이라고 해도 약속은 약속이었다.

어차피 드래곤들은 관망자다.

이들은 자신들을 도울 생각은 없다. 그저 구경할 뿐이지.

"땅 밑으로 들어가야 해요?"

캘리 공녀가 사랑스러운 눈빛을 띤 채 퍼거슨 씨에게 묻는다. 자신의 말투에 한껏 귀여움과 예쁨과 사랑을 담아서 말이다.

듣는 김춘추는 소름이 돋을 지경이었다.

하지만 그녀의 역할이 지금 원정대의 목표를 쉽게 이루는 데 큰 도움이 되겠지.

그러니 내색할 수는 없었다.

"입구가 어딘가 있겠지."

퍼거슨 씨가 콧구멍을 후비면서 말했다.

"아항, 그렇군요. 그렇다는데요?"

캘리 공녀는 공손한 자세로 고개를 끄덕이며 대답하고는 대마법사를 보면서 말했다.

"잠시만 기다리시오."

대마법사는 골렘들의 잔재가 흩어져 있는 곳으로 걸어갔다. 그 뒤를 김춘추가 따랐다. 그러자 아그레스도 쫄래쫄래 따라나섰다.

아그레스가 따라나서자 퍼거슨 씨도 그 뒤를 이었다. 그러자 캘리 공녀가 퍼거슨 씨를 따랐다.

캘리 공녀가 따라나서자 그녀를 걱정한 리디아와 베네사 남작이 움직였다. 그러자 나머지 기사들과 용병들도 그 뒤를 이었다.

'이런.'

뒤의 광경을 보고 김춘추는 잠시 어처구니가 없었다.

그때, 대마법사가 김춘추에게 말했다.

"가고일을 찾아보시오."

가고일은 평소에는 석상의 형상을 하고 있으나 침입자가 나타나면 석상의 형상을 풀고 달려든다.

신전이 이 근처에 있다면, 필시 골렘 다음엔 가고일이다.

골렘이 신전 주변, 초원 위에 있었다면 가고일은 신전 내부에 있을 게다. 그러니 가고일이 나오는 통로가 곧 들어가는 통로였다.

"모두 전투 준비! 가고일을 대비하라."

김춘추는 대마법사의 말을 정확하게 알아들었다. 그리고 원정대원들이 어떤 태도를 취해야 할지 나팔을 들고 지시를 내렸다.

그의 예상은 맞았다.

어디선가 불길한 바람이 불어왔다.

이어서 검은 운무가 땅 밑에서 피어오르며 순식간에 주변이 어두워졌다.

김춘추는 검은 운무가 피어오르는 방향을 예의 주시했다. 그곳에서 무언가 날아오른다.

가고일이었다.

원정대에 합류하기 전에 김춘추는 여러 가지 몬스터에 대해서 공부를 했다.

게다가 지구에 있을 때, 밤마다 꿈속에서 여러 가지 몬스터들과 싸운 적이 있었다.

'시바 여왕에게 고마워해야 하나.'

김춘추가 속으로 생각했다.

가고일과는 이미 싸워 본 적이 있다. 꿈속에서지만.

가고일의 장점은 공격력은 비교적 약하나 날아다닌다는 점과 돌로 만들어져 있기 때문에 방어력이 강하다는 점.

하지만 언데드 계열답게 성수와 은, 햇빛에 약하다.

실지로 지금 검은 운무가 흘러나와 이 주위가 어두워졌다.

검은 운무로 주변이 점점 어두워지자 대마법사가 중얼 거렸다.

"마법이 듣지 않아."

"예상한 바입니다."

김춘추가 침착하게 대답했다.

검은 운무가 가득 찼던 바하트 계곡. 그리고 내려올 동안 마법이 전혀 시현되지 않았었다.

그러니 신전에 다가갈수록 마법을 사용 못하게 될 가능성이 매우 높았다.

그나마 신전 앞까지 마법을 사용할 수 있었다는 것을 고마워해야 할 지경이었다.

"검은 운무가 문제로군."

대마법사가 난처한 표정을 띠었다.

필시 검은 운무에 무언가가 있는 것이다.

마법, 마나가 움직이지 못하도록 하는 어떤 게 있을 것이다. 그것만 알면 좋을 텐데.

대마법사의 눈에는 아쉬움이 가득했다.

마법사로서도 검은 운무는 연구하기 딱 좋은 대상이었다.

이 검은 운무만 제대로 파악되면…….

대마법사의 눈이 퍼거슨 씨에게 향했다.

마법의 주인, 드래곤도 마법을 사용 못할까? 하는 의문이 일었다.

퍼거슨 씨는 아무런 표정을 짓지 않는다.

김춘추도 잠시 궁금함이 일었다.

하지만 지금 심리 상담이나 연구를 할 때가 아니었다.

"다들 준비!"

김춘추가 외치자, 원정대원들은 일사불란하게 각자의 등 뒤에서 뾰족하고 날카로운, 은으로 만든 창을 꺼내 들었다.

그리고 허리에 매고 있던 라이트 볼을 이마 위로 위치를 바꾸었다.

라이트 볼 덕분에 그들의 시야가 다시 밝아졌다.

은창의 경우는 혹시 몰라 준비해 온 것이었다. 고대 신전이 마계와 연결되어 있을 경우를 대비해서였다.

후르륵. 휘익.

휘익.

가고일들이 요란하게 날갯짓하며 일행 주변을 감쌌다.

창.

차차창.

기사들과 용병들은 오로지 자신들의 감각만을 이용해서 날아오는 가고일에게 은으로 만든 창을 휘둘렀다.

전투력이 없는 대마법사의 주변을 에워싸는 것 역시 잊지 않았다.

아직까지 잘 훈련된 자들로서의 역할을 잊지 않고 있었다.

아무래도 리스트란 공작가의 블랙 기사들이 용감하게 나서서 싸우는 걸 보다 보니 용병들도 자연스럽게 혈기가 끓어오르는 모양이었다.

블랙 기사단원들을 원정대에 합류시키자는 그의 제안이 제대로 먹힌 셈이었다.

싸움에 있어서, 목숨을 아까워하지 않는 자들은 주변의 다른 이들을 압도하고 분위기를 좌우한다.

물론 그들을 끝까지 보호해야 하는 것이 마법사들의 역할이겠지만, 어쨌거나 다행이었다.

"리디아, 조심해!"

김춘추는 그렇게 외치면서 은으로 된 창을 리디아의 등 뒤, 허공으로 찔러 나갔다.

꺄오!

가고일의 외마디 비명 소리.

쿠쿵쿵.

이윽고 바닥에 떨어지는 소리들이 연달아 들려왔다.

"고마워."

리디아는 다시금 창을 고쳐 쥐고 사방을 두리번거렸다.

한 번도 이런 모험이나 전쟁에 참가해 본 적 없는 그녀였지만, 생각보다 겁이 없었다.

왕녀로 곱게 자란 것치고는 용감했다.

김춘추는 그런 리디아의 모습도 대견스럽게 여겨졌다.

◈ ◈ ◈

 사방으로 비명 소리와 창 휘두르는 소리만이 무성했다.
 하지만 그 끝도 삽시간에 다가왔다.
 더 이상 가고일의 날갯짓 소리가 들리지 않았다.
 여전히 검은 운무로 사방은 어두웠지만, 그래도 라이트 볼이 있으니 발길이 어둡지는 않았다.
 이 정도를 다행이라고 여겨야 할지.
 김춘추는 눈여겨보았던, 가고일이 나오던 곳으로 다가갔다. 그 뒤를 몇몇의 기사들과 용병들이 따랐다.
 '역시.'
 김춘추는 대마법사를 향해서 고개를 끄덕였다. 그곳에는 넓이 1미터쯤 되어 보이는 구멍이 있었다.
 게다가 그것뿐만이 아니었다.
 김춘추는 어슴푸레하게 보이는 것을 확인하기 위해서 라이트 볼을 비추었다.
 계단이었다.
 이 정도면 어렵지 않게 밑으로 내려갈 수 있었다. 다만 그들의 발밑에 무엇이 기다릴지는 아무도 모른다.
 김춘추가 말했다.
 "대마법사님, 이쯤 해서 나눠야겠습니다."
 "저 밑에는 아예 마법이 통하지 않을까?"

대마법사가 물었다.

검은 운무가 나오는 곳이 바로 신전이었다.

캘리 공녀가 퍼거슨 씨 쪽을 슬쩍 돌아보았다. 하지만 호락호락할 블랙 드래곤은 아니었다.

붉은 드래곤 아그레스나 블랙 드래곤 퍼거슨 씨의 얼굴에는 아무런 표정의 변화가 없었다. 끝까지 관망하겠다는 의미였다.

'어쩌면 저들도 끼어들 수 없는 뭔가가 있을지 모르지.'

아그레스와 퍼거슨 씨를 보면서 김춘추는 생각에 잠겼다.

모든 것은 복불복, 운이었다.

"루카스, 리디아, 캘리 공녀님은 뒤에 남으십시오. 제가 대마법사님을 호위해서 들어가겠습니다."

김춘추는 그렇게 말하면서 기사들과 용병들을 두 파로 나누었다.

기사들은 어차피 캘리 공녀와 대마법사를 찾기 위해서 파견된 이들이었다. 그러니 양쪽으로 나누어진 두 사람을 위해서 둘로 정확하게 나눈 것이다.

20명이던 기사들은 각각 10명씩 자신들의 위치에 섰다.

아무도 불만은 없었다. 이들은 모험가가 아니니까.

하지만 용병들 중, 신전에 들어가지도 못하고 밖에 남게 된 이들은 다소 불만스러운 표정이었다.

엄청난 보물이 쌓여 있는 신전을 눈앞에 두고도 못 들어

가니 엄청 억울할 테지.

"신전에서 얻는 모든 것은 똑같이 나눌 겁니다."

김춘추는 재차 일행에게, 특히 양쪽의 용병들에게 강조했다.

그제야 뒤에 남는 용병들의 얼굴이 폈다.

하지만 완전히 불만이 사라진 것은 아니다. 용병들은 선천적으로 모험가 기질이 뛰어나니까.

게다가 안으로 들어간 용병들이 쟁취한 보물을 제대로 정확하게 나누어 줄지도 미지수였다.

물론 대마법사가 있으니, 어느 정도는 구색에 맞게 배분되겠지.

더구나 남는 자들이 그래도 목숨 부지 확률이 있다면, 들어간 자들은 살아 돌아올 확률이 얼마나 될까?

그런 위험을 치르고 똑같이 나누어 가지려고 할까?

"이곳에 남아 계시는 것도 위험할 겁니다."

김춘추는 그렇게 말하면서 사방을 둘러보았다.

이들이 침입한 것은 이 일대 몬스터들에게 이미 크게 광고된 셈이다.

물론 퍼거슨 씨와 아그레스가 이곳에 남는다면 몬스터들이 다가오지는 못할 터였다.

마계 몬스터들과는 달리 계곡에 서식하는 몬스터들은 이 두 드래곤을 의식하지 않을 수가 없다.

하지만 두 드래곤은 재미난 광경을 놓치지 않으려고 고대 신전 안으로 들어갈 준비를 하고 있었다.

그렇게 되자 김춘추는 남아 있는 자들이 오히려 걱정이었다.

"주인 나리, 종자에게 주실 것 없어요?"

캘리 공녀가 뻔뻔한 얼굴로 퍼거슨 씨에게 물었다.

"아."

그제야 퍼거슨 씨는 깜빡했다는 투로, 자신의 손가락을 캘리 공녀의 이마에 갖다 대었다.

뭔가 휘익 같긴다.

아무것도 보이지 않지만, 분명 블랙 드래곤의 가호일 것이다.

'휴우, 다행이군.'

김춘추는 캘리 공녀가 그렇게 예뻐 보일 수가 없었다.

단순히 싸가지 없는 여자인 줄로만 알았는데, 머리 돌아가는 것이 제법이었다.

저런 여자가 어떻게 황궁에서 숨죽여 살아왔는지 이해가 안 갈 정도였다.

이제야 자신의 성격을 드러내는 것이 참으로 용했다. 그에 김춘추는 엄지손가락을 치켜들었다.

"굿."

"호호."

그러자 캘리 공녀가 가만히 웃는다.

리디아도 캘리 공녀에게 고맙다는 표정을 지었다.

이것으로 남아 있는 자들에 대한 걱정을 덜었다.

드래곤의 가호가 있으니, 계곡에 서식하는 몬스터들은 쉽게 이들 일행을 공격하지는 못할 것이다.

"캘리 공녀에게 딱 붙어 있어."

김춘추는 리디아에게 그렇게 말하고는 신전 쪽을 향했다.

신전 안은 여전히 검은 운무로 뒤덮여 있었다.

일행은 앞에 무엇이 튀어나올지, 밑에서 무언가가 불쑥 올라올지 모르기 때문에 한껏 긴장을 했다.

저벅저벅.

소리라고는 계단 아래로 내려가는 원정대원들의 발소리뿐이었다.

가도 가도 끝없이 계단만 이어졌다.

얼마나 아래로 내려왔는지 알 수가 없었다.

"이곳을 한 번도 오신 적이 없습니까?"

김춘추가 퍼거슨 씨에게 나지막하게 질문했다.

"없다."

"왜요?"

"귀찮아서."

퍼거슨 씨가 대답했다.

하지만 김춘추는 그조차 일순 긴장하고 있다는 사실을 깨달았다.

"바하트 계곡의 주인 아니십니까?"

김춘추의 물음에 퍼거슨 씨는 솔직하게 대답했다.

"몰랐다."

"네에?"

그의 대답을 들은 김춘추가 고개를 갸우뚱하면서 되물었다.

"얘도 몰랐대. 신전이 있었는지."

아그레스가 옆에서 설명했다.

"지금은 안다!"

퍼거슨 씨가 버럭 소리를 질렀다.

"그러니까 너 둥지 삼을 때는 몰랐다는 말이잖아!"

아그레스도 같이 소리쳤다.

"그, 그거야 그렇지."

"바보 드래곤."

아그레스의 말투가 달라지자 뒤따르던 기사들과 용병들이 웅성댔다.

퍼거슨 씨가 블랙 드래곤의 폴리모프인 것은 모두가 안다. 눈 가리고 아웅이니까.

그런데 저 엘프는 무슨 용기로 드래곤에게 덤비는가.

설마 저 엘프도 드래곤?

하지만 아그레스를 그레이아라고 철석같이 믿는 이들이 었다.

다들 그레이아가 무식하게 용감하고 철없다는 것쯤은 잘 알고 있었다.

날뛰는 엘프. 저러니 엘프족에게 쫓겨났지.

그런 탄식이 하나둘씩 터져 나왔다.

"원래 자기 구역에 이상한 게 있으면 치우지 않나요?"

김춘추가 퍼거슨 씨에게 물었다.

"크흠."

퍼거슨 씨는 아킬레스건을 물린 것처럼 헛기침했다.

그도 안다.

신전의 기척이 전혀 없어서, 이 조용하고 넓고 깊은 바하트 계곡에 둥지를 만들었다.

나중에서야 신전의 기척을 느꼈지만 딱히 건드릴 이유도 없었고.

게다가 상호 불가침조약을 맺은 것처럼, 그냥 그런 느낌이 저절로 들었다.

딱히 설명을 할 수 없는 부분이었다.

게다가 매우 졸렸고.

자신이 신전의 수호자가 되든, 계곡의 수호자가 되든 해석은 맘대로 하라지.

그저 졸려서 둥지 안에서 잠이 들었을 뿐이었다.

오히려 아그레스의 기척에, 다른 드래곤의 기척에 그만 잠이 깨 버렸다.

그러니 김춘추에게 딱히 설명할 것이 없었다.

"얘, 알고 보니 단순하네."

아그레스가 한마디 했다.

"그, 그레이아……."

대마법사조차 황당한지 엘프를 저지했다.

"알았어."

아그레스는 대마법사를 힐끔 보고, 뒤따르던 일행을 힐끔 보더니 입을 다물었다.

김춘추도 더 이상 묻기를 포기했다.

이 두 드래곤이 함께 고대 신전에 들어와 준 것만으로도 감사할 일이었다.

물론 저 둘은 관광한다고 여기겠지만.

직선으로 끝없이 아래로 뻗어 있던 계단이 어느 순간 나선형으로 바뀐다.

'상황이 바뀌겠군.'

김춘추의 얼굴에 긴장의 빛이 떠올랐다.

역시 그의 예상대로, 나선형 계단을 한 바퀴 돌자마자 주변이 제법 밝아졌다.

검은 운무가 사라졌기 때문이다.

"전투 준비하십시오."

김춘추는 밝아진 실내에 기뻐하던 일행에게 말했다.

끄덕끄덕.

모두들 각자의 무기에 손을 대면서 앞으로 나아갔다.

퍼거슨 씨가 아그레스에게 말했다.

"저 인간이 제법이네."

"재미난 인간이야."

아그레스도 맞장구를 쳤다.

"그 소리, 저도 들리거든요?"

김춘추가 앞에서 퉁명스럽게 말했다.

퍼거슨 씨가 뒤에서 말했다.

"네놈 칭찬이다."

"하나도 안 고맙거든요. 위험해지면 저 버리고 도망치시지나 마세요."

"이놈이, 나를 어떻게 보고?"

"관광객으로 보거든요?"

"제길, 네놈만큼은 안 두고 간다."

"그거 약속이지요?"

퍼거슨 씨의 말을 김춘추가 재빨리 받아쳤다.

그 광경을 본 아그레스가 그 옆에서 키득거리면서 말했다.

"또 한 놈이 저 인간에게 넘어가는군."

그러자 퍼거슨 씨가 아그레스에게 물었다.
"너도 이랬냐?"
아그레스는 자랑스럽게 말했다.
"아니, 난 약속 따위는 안 해."
"참, 자랑이십니다."
김춘추가 핀잔을 주었다. 그러고는 퍼거슨 씨에게 단단히 약조를 하는 것을 잊지 않았다.
"약속하십시오. 저 두고 내빼지 마세요."
"알았다. 그 정도가 뭐 어려운 거라고."
그렇게 말하고는 퍼거슨 씨는 주먹으로 제 가슴을 쳤다.
기사들과 용병들은 퍼거슨 씨의 약조를 듣더니 부러운 눈길로 김춘추를 바라보았다.
드래곤이 한 약속이니, 적어도 김춘추는 여기서 살아 나가겠지.
"여러분 버리고 도망 안 칩니다."
그들의 눈길을 느낀 김춘추는 일부러 엄숙한 표정을 짓고는 말했다.
'이건 뭐, 새끼 새들을 돌보는 어미 새가 된 기분이네.'
김춘추는 자신의 주변을 두리번거렸다.
이 원정대는 대마법사의 제안으로 이루어졌다. 물론 바네사 남작이 이끌던 기사들과 용병들 합류시키자고 한 것은 김춘추 자신이었다.

마법이 제대로 작용하지 않는 곳이란 말을 들었을 때부터 대마법사의 마법 따위는 믿을 게 되지 못했으니까.

하지만 이들의 어미 새가 된 것은 아닌데.

어느 순간부터 원정대원들은 김춘추를 어미 새처럼, 아니 그들의 리더로서 의지하고 있었다.

모든 상황에서 가장 적절하게, 미리 예측하고 조를 짜고 움직여서 최소한의 인명 피해로 여기까지 올 수 있었으니 그럴 만했다.

그것을 김춘추도 모르는 바는 아니었다.

이곳에 들어온 인원은 32명.

그 전까지 잃은 인명은 15명.

적어도 이제부터는 이들 중 한 사람이라도 잃어서는 안 된다.

김춘추는 그런 각오로 자신의 감각을 더욱 끌어 올렸다.

어쨌건 간에 자신의 편이 많으면 많을수록 좋다. 그것도 잘 단련된 용감한 무사들이면 더더욱.

앞으로 반지는 몇 번이고 더 찾아야 한다.

이것보다 더 어려워지겠지.

타악악, 탁.

그때, 말발굽 소리가 들려왔다.

김춘추가 소리쳤다.

"데스 나이트가 다가옵니다!"

지금까지 마계와 관련된 몬스터들이 나왔다. 그러니 지금쯤 나올 만한 마계 몬스터는 데스 나이트.

게다가 말발굽 소리가 나는 것을 보니 확신할 수가 있었다.

김춘추의 외침에 모두가 제자리에 서서 일사불란하게 대마법사를 에워쌌다.

어차피 김춘추의 뒤에는 퍼거슨 씨가 있다.

따가따각.

데스 나이트가 타고 있는 말발굽 소리가 점점 크게 들려오기 시작했다.

그제야 일행도 말발굽 소리를 들을 수 있었다.

-저놈, 마법사치고 감각이 대단한데?

퍼거슨 씨가 아그레스에게 텔레파시로 말을 걸었다.

-문지기 후보잖아.

-그렇긴 하지. 몇 번째 반지야?

-네 번째래.

-호오, 난이도가 높은데······.

퍼거슨 씨의 얼굴 위로 더욱 흥미로워졌다는 표정이 나타났다.

-그렇지? 네 번째 반지 찾는 것치고.

-마계와 연결된 신전이라니. 저 문지기 후보도 안 됐네.

-그만큼 능력을 높이 산다는 거겠지.

아그레스 역시 재밌다는 표정을 지었다.

그들도 차원 문지기, 문지기 후보가 찾는 반지에 대해서는 잘 안다.

중간계의 수호자, 판테온의 절대 권력자로서 차원을 잇는 반지에 대해서는 다들 암암리에 알고 있었다.

물론 반지와 직접적으로 연결된 사연이나 시험에 대해서 자세히 아는 것은 아니었다.

간혹 반지가 드래곤의 둥지에 놓여 있던 적은 있었다. 그 덕에 직접 문지기 후보와 접촉한 드래곤들에 의해서 이런저런 이야기들이 살을 더해서 퍼져 나가는 경우는 있었다. 드래곤들끼리의 수다였다.

하지만 네 번째 반지가 있는 장소가 마계와 연결되어 있는 신전이라니.

생각보다 난이도가 높았다. 이들이 보기에도.

물론 김춘추는 그 사실을 알 리가 없었다.

-세 번째는 어땠는데?

-무지 쉬웠어. 내가 코러스 산 정상에 데려다줬거든.

-호수에 있었어?

-응. 쉽게 찾던데.

아그레스가 고개를 끄덕이면서 말했다.

퍼거슨 씨가 그 말을 듣더니 고개를 갸우뚱하며 중얼거렸다.

-왜 갑자기 난이도가 올라갔지?

아그레스가 김춘추를 슬쩍 쳐다보고는 대답했다.

-우리야 모르지. 그저 재미난 구경을 해야지.

-점점 재밌어지는데.

퍼거슨 씨도 그렇게 말하고는 김춘추를 응시했다.

이윽고 말을 탄 데스 나이트들이 그들의 앞에 모습을 드러냈다.

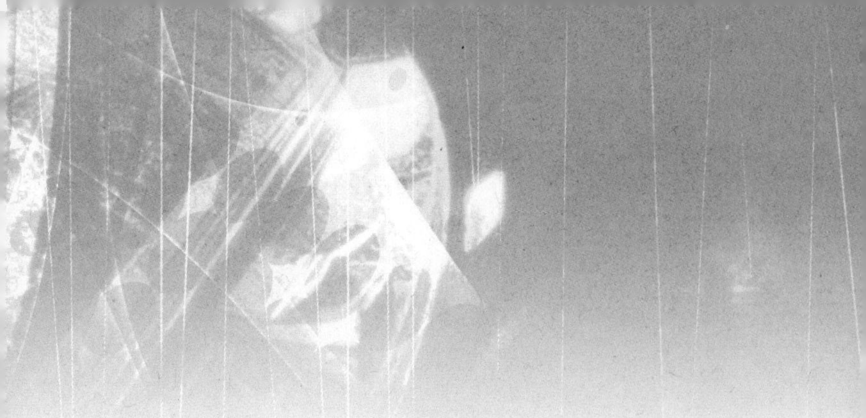

제6장

고대 신전 (2)

검은색 투구, 검은색 망토에 심지어 말까지 검은색인 데스 나이트들이 원정대를 바라보았다.

물론 저 투구 안에 눈은 없겠지. 텅텅 비어 있을 테니.

그냥 바라본다고 느끼는 것이 맞을까.

어쨌건 간에 김춘추의 등덜미에서도 식은땀이 흘러내렸다.

가고일까지는 마계 몬스터를 상대해 봤지만 데스 나이트는 처음이었다.

그나마 마법을 사용할 수 있다는 것이 다행이라고 할 수 있을는지.

하나, 방심은 금물이었다.

김춘추는 대마법사를 바라보았다.

대마법사가 황급히 주문을 외우고 있었다.

히이잉!

말들의 울음소리.

다각다가각.

급하게 달려오는 데스 나이트들이 눈에 들어왔다. 그들의 손에는 검은색의 창이 하나씩 들려 있었다.

휘익. 휘익.

원정대원들도 만만치 않았다.

이곳이 마계와 연결된 신전인 것을 알았으니, 은으로 만든 창을 힘 있게 휘둘렀다.

하지만 은창은 데스 나이트들에게 그다지 위협이 되지 못했다.

가고일에게는 제법 효과가 좋았는데.

김춘추의 이맛살이 찡그러졌다.

"모두 뒤로 물러나시오!"

대마법사의 외침에 원정대원들은 황급히 뒤로 몸을 빼기 시작했다.

"블래스트 파이어볼!"

대마법사의 외침과 함께 허공에서 거대한 불덩어리들이 나타나 데스 나이트들을 향해서 날아갔다.

4서클의 마법과는 비교도 안 될 만큼, 그야말로 하늘에서 우박이 후드득 떨어지는 정도의 대규모 불덩어리였다.

히이이잉!

크헉!

데스 나이트들과 말들의 비명 소리로 순식간에 앞은 아수라장이 되었다.

하지만 그것도 잠시.

서늘한, 음침하고 기분 나쁜 소리가 나지막하게 들리는 것만 같았다.

'뭐지?'

김춘추는 소리가 들려오는, 아니 그런 느낌이 드는 쪽을 노려보았다.

데스 나이트들이 불덩어리에 맞아 추락하고 있는 그곳, 바로 그 뒤에서 들려오는 소리가 분명했다.

그리고 그 소리가 나자 바닥에 쓰러졌던 데스 나이트들이 움직인다.

그것뿐만이 아니었다.

화르륵… 화…….

그렇게 신전 안을 불야성처럼 밝히던 불덩어리들의 위력이 한순간에 꺼져 가기 시작했다.

그야말로 주변이 불야성처럼, 장엄한 광경이었다.

이것은 7서클 대마법사의 주문.

이 주문을 무력화하려면 상대는 7서클이거나 그 이상이

어야 한다.

 현존하는 7서클의 대마법사는 딱 한 명뿐.

 그런데 어디서?

 김춘추의 얼굴이 급격히 어두워졌다.

 데스 나이트들의 뒤에서 검은 두건을 쓴 자가 나타났기 때문이다.

 얼굴 형태까지는 정확하게 알아볼 수는 없지만 인간, 흑마법사임이 분명했다.

 그자가 주문을 외우고 있었으니.

 "리치다."

 흑마법사의 모습이 드러나자, 누군가가 아연실색한 표정으로 외쳤다.

 리치.

 마법사가 영생을 얻기 위해서 스스로 어둠과 계약하거나, 데스 나이트였던 자에게 어둠의 영혼을 주입시켜 만든 것이 리치였다.

 이 중 마법사가 리치가 되는 경우는 제일 곤란하다. 살아생전의 능력을 그대로 가지고 있기에.

 그것도 지금 눈앞의 7서클 대마법사의 마력을 무효화시킨 흑마법사 리치.

 대마법사는 재빨리 마법을 시현했다. 그러자 거대한 실드가 이들 주위에 둘러졌다.

그리고 데스 나이트들을 향해 파이어볼이 정신없이 날아갔다.

하지만 리치도 가만있지 않았다.

쉴 새 없이 역주문을 외우는 것뿐만 아니라 데스 나이트들을 급격히 불러오고 있었다.

김춘추 또한 대마법사에게 가세해서 쉴 틈 없이 주문을 외웠다.

물론 두 드래곤은 여전히 관망하는 자세로 뒤로 물러나 있었다.

"그레이아, 대마법사님을 보조해!"

김춘추가 기사들과 용병들이 들을 수 있도록 일부러 큰 소리로 외쳤다.

"칫."

아그레스는 그 와중에도 입을 삐죽이 내밀면서, 그래도 제법 4서클의 엘프처럼 대마법사의 곁으로 다가갔다. 그러고는 마력을 보충하는 주문을 외웠다.

덕분에 대마법사는 자신의 마력을 유지하면서 리치 흑마법사와 싸울 수가 있었다.

길고 긴 시간 동안, 여전히 두 진영 사이로는 파이어볼이 날아다녔다.

그사이 원정대원들과 데스 나이트들 간의 전투도 수차례 벌어졌다.

'시간을 오래 끌면 불리해.'

김춘추는 원정대원들을 바라보았다. 그들의 얼굴에 점점 피로가 누적되는 것을 볼 수가 있었다.

하지만 리치나 데스 나이트들은 처음이나 마찬가지 표정이었다.

'저 리치도 마력이 무한하지는 않을 텐데.'

김춘추는 잠시 주변을 살펴보았다.

7서클에 준하는 능력을 가진 리치라고 하나, 분명 마력은 제한적이다.

이렇게 오랫동안 7서클의 마법사와 격돌했는데 아무렇지도 않다?

분명 저 뒤에 있는 존재 덕일 게다.

"누구의 명을 받고 있는가?"

김춘추가 리치를 향해서 외쳤다.

"크크크크."

리치는 누런 이를 내보였다.

'확실하군.'

김춘추는 리치를 도발하기로 했다.

"우리를 전멸시키라는 것이 너의 주인의 뜻인가?"

"나는 주인을 지킬 뿐이다."

리치가 말했다.

"네가 지켜야 할 정도로 주인은 무력한가?"

"감히 어느 안전이라고 그런 망발을 하는가!"

리치의 얼굴이 순간 시뻘게졌다. 김춘추의 도발에 넘어간 것이다.

"노예 뒤에 숨지 말고 주인보고 직접 나오라고 해!"

김춘추가 리치에게 소리쳤다.

"노… 노예라니……."

리치가 부들부들 떨었다. 자존심이 뭉개진 듯했다.

"우리를 보시지. 감히 네놈 따위가 덤빌 상대가 아니다."

김춘추는 그렇게 말하고는 퍼거슨 씨를 향해서 슬쩍 시선을 돌렸다.

그러자 리치도 그 시선의 끝을 바라보았다.

분명 드래곤을 알아보는 눈치였다.

처음에는 폴리모프한 드래곤을 알아보지 못했으나, 바보가 아닌 이상 김춘추가 무엇을 믿고 저렇게 외치는지 파악할 수가 있었다.

리치는 김춘추나 원정대원들을 무심하게 한 번 휘둘러보고는 입을 열었다. 어느새 그의 눈길은 퍼거슨 씨와 아그레스에게 향해 있었다.

이것으로 싸움은 잠정 중지되었다.

하나, 김춘추는 그것으로 만족하지 않았다.

일단은 퍼거슨 씨에게 달려 있다. 비록 도와주지는 않겠지만, 이미 그의 존재 하나만으로도 이 끝없는 싸움에서 잠정 평화를 얻게 된 셈이다.

리치는 중얼거렸다. 아마도 그 주인이라는 작자와 대화를 하는 것 같다.

표정만 봐서는 알 수 없었지만.

김춘추는 그의 주인이 드래곤의 흔적을 못 느꼈을 것이라고는 믿지 않는다.

알면서도 리치에겐 말을 하지 않았겠지. 아니, 말할 필요성이 없었을 것이다.

드래곤이 그랬던 것처럼 그의 주인도 구경하는 것을 꽤나 좋아하나 보다.

이런 드라마틱한 전개를 좋아하나?

이윽고 리치가 퍼거슨 씨를 향해서 입을 열었다.

모두가 아는, 눈 가리고 아웅대는 진실이 폭로된 셈이었다.

"드래곤께서 무엇 때문에 이곳으로 오셨습니까?"

일단은 정중한 어조였다. 리치치고는 꽤 예의를 갖춘 셈이다.

드래곤이 무섭긴 무섭나 보다. 아무리 영생을 한다는 리치라도 말이다.

"구경하러."

퍼거슨 씨가 대답했다.

아그레스는 잠자코 있었다.

아니, 오히려 자신이 드래곤이라는 게 드러나지 않도록 꽤나 신경 쓰는 눈치였다.

지금의 엘프 모습이 꽤나 마음에 들기 때문이다.

김춘추의 반지 여정은 이곳 말고도 계속될 테니까.

"위험하신 생각입니다. 이곳의 주인께서는 드래곤께서 오신 것을 못마땅하게 생각합니다."

리치는 그렇게 말하고 있었지만, 김춘추는 그 말이 오히려 재밌게 들렸다.

"감히!"

퍼거슨 씨는 노여움을 띠고 외쳤다.

"그간 서로가 이 계곡에서 평화롭게 있을 수 있었던 것도 주인님의 뜻이었습니다."

하지만 리치는 퍼거슨 씨 따위는 아랑곳없다는 듯이, 정중한 어조지만 주인의 뜻이 담긴 말을 분명하게 내뱉었다.

"리치 따위가 드래곤에게 그딴 말을 해!"

"엄밀하게 제 주인의 뜻이지요."

리치는 눈 하나 깜빡하지 않고 말을 이었다.

"입에 담기도 송구스럽지만, 마계 4군단의 사령관이시자 왕의 신임을 두텁게 받고 계신 분입니다."

리치가 자랑스럽다는 듯이 말했다.

"커험. 프, 프루레디!"

"프루······."

아그레스와 퍼거슨 씨가 동시에 외쳤다.

대마법사의 얼굴도 하얗게 질려 나갔다.

기사들과 용병들 역시 마찬가지였다.

물론 프루레디의 이름을 인간들 가운데 실제로 아는 이는 거의 없다. 하지만 마계 4군단의 사령관이란 단어 하나만으로도 기사들과 용병들이 동요하기엔 충분했다.

게다가 그동안 표정 변화조차 거의 없던 아그레스와 퍼거슨 씨조차 소리치지 않았던가. 심지어 대마법사까지.

틀림없이 그가 이 신전의 주인이기도 할 것이다. 방금 리치의 말로 알 수 있지 않은가.

마계는 총 7군단으로 이루어져 있다는 것은 이들도 알고 있었다. 드러나지 않은 전력은 모르겠지만, 알려진 바로는 일단 그렇다.

그런데 그중 4군단이라니. 말이 4군단이지…….

김춘추는 아랫입술을 꽉 깨물었다.

퍼거슨 씨와 아그레스가 그를 위해서 나서 준다고 해도 힘든 상대가 분명했다.

이길 승산이 없다. 마계 군주라니.

'제길, 네 번째 반지를 찾는 건데…….'

김춘추는 까마득한 기분을 느꼈다.

반지의 기운은 더욱 강해졌다.

거의 다 왔다. 반지가 있는 곳에. 비록 마계의 주인이 지키고 있는 곳이지만.

실패하면?

지구로 되돌아가는 길이 없어지는 셈이었다.

'쉽지 않군.'

김춘추가 목구멍에서 솟구치는 침을 삼켰다.

"미, 미안하게 됐군."

대마법사가 김춘추를 바라보면서 미안해했다. 죽음을 눈앞에 두니 사과할 마음이 나나 보다.

정보 부족.

몇십 년 정보를 모았다는데, 고작해야 아티팩트를 만드느라 시간을 보냈나 싶다.

마계 4군단의 사령관이 주둔하고 있는 곳인 줄도 모르고 8서클의 비법서만 탐내더니, 이런 꼴을 당하는 것이다.

게다가 혼자 죽는 것도 아니고, 이거 원정대 전부가 몰살당할 수도 있었다.

그자의 기분에 따라서 이곳에 들어온 이들뿐만 아니라 밖에 기다리며 경비를 보는 이들까지 말이다.

'음?'

순간, 김춘추는 뭔가 앞뒤가 맞지 않다고 여겼다.

마계 4군단의 사령관이라는 작자가 이곳 신전의 주인이라면, 블랙 드래곤이 바하트 계곡을 등지로 정했을 때 왜 그대로 내버려 두었을까.

그리고 자신들이 이곳에 침입할 때 왜 그냥 놔뒀을까.

처음부터 손가락 하나 까닥함으로써 자신들을 전멸시킬 수도 있었을 것이다.

'뭔가 있다.'

김춘추는 일순 희망이 떠올랐다.

좀 전의 리치의 태도로 보아서, 만약 그의 주인인 4군단의 사령관이 7서클이 아닌 그 이상의 마력을 펴주었더라면 어땠을까?

단순히 두 진영이 비등하게 싸우는 것이 아니라 한순간에 전멸당할 수도 있었다.

'이건 뭐 꼭 무대에 오른 광대 같네.'

김춘추는 이맛살을 찡그렸다.

하지만 그 이유가 자신을 포함해서 원정대원들이 살아 나갈 방법이었다.

그는 지체하지 않고 일행의 앞에 한 발짝 나서서 리치에게 외쳤다.

"원하는 게 무엇인가?"

"제법 영리한 인간이 있네."

리치는 김춘추의 말에 기다렸다는 양 대꾸했다.

'역시.'

자신의 예감이 맞았음을 확인한 김춘추의 한쪽 입꼬리가 올라갔다.

반지가 이곳에 있는 것과 마계의 주인, 그자가 보이는 호기심이 같은 선상에 있을 것이다.

김춘추의 머리가 빠르게 회전되었다.

이윽고 김춘추는 말문을 열었다.

"이 신전이 자네 주인의 것은 아닐 테지?"

그러자 리치가 발끈하고 나섰다.

"주인님이 원하시면 그 소유가 된다!"

"글쎄, 그랬다면 우리 일행의 발을 처음부터 묶었겠지. 그리고 바라는 것이 있지도 않겠지."

"……."

리치는 김춘추를 노려보았다. 하지만 김춘추는 아랑곳하지 않고 말을 이어 나갔다.

"그러니 이곳 신전은 마계의 소유가 아니다. 인간의 것이겠지."

"뭐라고?"

"내 말이 맞지 않는가? 신전뿐 아니다. 이 바하트 계곡은 인간의 것이다."

김춘추는 차분하게 말했다.

"괘씸한 노옴!"

제법 흥분했는지 리치는 소리까지 쳐 가면서 주문을 외워 댔다.

번쩍.

순간 아이스 볼이 김춘추를 향해 날아왔다. 하지만 그 뒤에 서 있던 대마법사가 황급히 역주문을 냈다.

김춘추는 눈 하나 까닥하지 않고 리치에게 말했다.

"헛짓거리 작작하고. 날 너의 주인에게 데려가라. 너의 주인도 원하실 게다."

"……."

자신의 주문이 막힌 리치는 김춘추의 말에 반박할 여지를 찾지 못하고 황망하게 서 있었다.

"날 안내하라!"

김춘추는 리치뿐만 아니라 그의 등 뒤로, 끝없이 이어져 있을 것만 같은 짙은 암흑을 향해서 외쳤다.

리치, 흑마법사가 잠시 주저한다.

하지만 이내 그의 얼굴이 새파랗게 질린다. 아마도 그의 주인이 그에게 명령을 내렸나 보다.

"따라와라."

리치의 말에 김춘추, 그리고 드래곤, 이어 대마법사까지 움직이려 들었다.

하나, 리치는 김춘추를 가리키면서 말했다.

"저 인간 하나뿐이다."

"괜찮겠소?"

대마법사가 매우 미안한 표정으로 말하자 김춘추가 그런 그를 안심시켰다.

"걱정 마십시오."

"쩝, 재미난 구경 놓쳤네."

그 와중에도 퍼거슨 씨와 아그레스는 아깝다는 듯이 중얼거렸다.

"이럴 땐 살아 돌아오라고 하는 겁니다."

김춘추가 잔소리를 했다.

"난 네가 죽어도 상관없는데?"

아그레스가 낯빛 하나 바꾸지 않고 내뱉었다.

"재미가 없어지잖아요."

"아, 그렇지."

그제야 납득했다는 듯이 아그레스가 고개를 끄덕이며 자신의 말을 수정했다.

"살아 돌아와."

"꼭 살아 돌아올게요."

김춘추는 아그레스에게 하는 말인지, 스스로 다짐을 하는 것인지 모를 말투로 중얼거렸다.

"인간, 꽤나 용기가 있는데."

퍼거슨 씨가 뭔가 감동한 눈치였다.

블랙 드래곤은 원래 단순하고 감정이 풍부하다고 알려져 있었다.

퍼거슨 씨 역시 마찬가지였다.

다른 드래곤들에 비해서 감정이 매우 발달해서, 그리고

단순해서 논리적으로 따지거나 설득하면 인간들의 말에도 쉽게 귀를 기울여 주는 그런 드래곤이었다.

그 외모야 다른 드래곤들에 비해서 더 흉폭스럽게 생겼지만, 알고 보면 붉은 드래곤인 아그레스보다 더 감정적이고 착한 드래곤에 속했다.

물론 감정적이라는 말은, 그 감정 혹은 역린을 잘못 건드리면 죽음밖에 없겠지만.

그래도 이 순간만은 김춘추에게 꽤나 감동한 눈치였다.

"대신 제가 살아 돌아오면 둥지의 보물 좀 나눠 주십시오."

김춘추가 퍼거슨 씨에게 말하자 퍼거슨 씨가 고개를 끄덕이며 대답했다.

"그것쯤은 어렵지 않지."

다른 드래곤들과 마찬가지로 보석과 금덩어리를 좋아하기는 하지만, 감정적일 때는 아낌없이 나누어 줄 줄도 아는 드래곤이었다.

이런 점은 김춘추나 원정대원들에게 참으로 다행이었다.

이 신전에 과연 보물이 있는지조차 모르겠다. 그저 대마법사의 확신 하나만 믿고 따라왔으니.

필시 8서클 비법서는 있을 것이다. 보물은 모르겠지만.

김춘추 자신은 네 번째 반지 때문에 발목이 잡혔다고는 하나, 원정대원들에게는 뭔가 돌아갈 만한 것이 필요했다.

그의 머릿속은 바하트 계곡을 벗어났을 때의 상황까지 염두에 두고 있었다.

"그 와중에 협상까지 하다니. 용감해."

아그레스가 김춘추를 보면서 혀를 내둘렀다.

마계 4군단의 사령관을 만나러 가는데, 살아 돌아온다는 전제하에서 블랙 드래곤의 보물을 나누어 달라니.

제정신을 가진 인간이 할 말은 아니었다.

게다가 저런 협상을 한다는 것 자체가 블랙 드래곤의 성격까지 단숨에 간파했다는 의미였다.

'이 반지, 찾겠는데.'

아그레스가 슬쩍 미소를 지었다.

그 뒤, 김춘추는 뒤도 돌아보지 않고 리치를 쫓아갔다.

그가 걷는 좌우에 다시 부활한 데스 나이트들이 서 있었다.

◈ ◈ ◈

타오르는 붉은 유황.

그것만으로도 지옥불이 얼마나 섬뜩한 것인지 알 수가 있었다. 온몸에 소름이 돋아 그 자리에 서 있는 것도 힘들 지경이었다.

하지만 김춘추는 이를 악물고 버텼다.

프루레디. 4군단의 사령관이자 일곱의 군단장 중 두 번째로 강한 자라고 했다.

그리고 날씨를 조종하는 초능력이 있다.

바하트 계곡이 검은 운무에 의해서 암흑 세상이 된 것도 결코 우연이 아니었다.

김춘추는 지금 프루레디라고 짐작되는 악마를 바라보고 있었다.

타오르는 붉은 유황불 한가운데서 인자한 미소(?)를 띠고 있는 악마.

악마라고 해서 머리에는 뿔이 달리고 섬뜩한 얼굴에 괴상한 행동을 하는 줄 알았더니 의외였다.

그가 보는 프루레디는 전혀 달랐다.

20대 후반의 젊고 잘생긴 4군단의 사령관.

만약 귀족 파티에서 마주쳤다면 존귀한 귀족 가문에 태어나 사랑받고 응석 부리며 자란 젊은이로밖에 보이지 않았을 것이다.

'저 황금빛을 띤 머리카락이라니.'

김춘추는 프루레디를 바라보면서 실소를 금할 수가 없었다.

붉은 유황이 타오르는 한가운데, 황금빛 머리카락은 더욱 반짝였다.

기묘하게 어울린다고 할까? 아주 이상하다고 할까?

물론 저 모습은 가면이겠지.

어쨌거나 무시무시한 괴물처럼 생긴 악마를 보는 게 아니라 그나마 다행이었다.

그럼에도 불구하고 타오르는 유황불이 주는 감각은 섬뜩하기만 했다.

그 사이를 여유롭게 서 있는 프루레디.

게다가 그의 뒤에는 어린 천사의 모습을 한 악마가 날아다니고 있었다.

유황불만 없다면, 리치만 없다면.

이곳이 천계가 아닐까 싶을 정도였다.

"반갑네. 반지의 주인이여."

프루레디가 먼저 말을 걸었다.

"……."

그의 인사에 김춘추는 입을 열려고 했다. 하지만 입이 쉽게 떼어지지 않는다.

아무래도 이곳이 주는 중압감이 생각보다 꽤 큰가 보다.

김춘추의 이마에서 핏줄이 솟았다. 프루레디는 그 모습을 재밌다는 듯이 보고 있었다.

실제로 살가운 그의 태도와는 달리, 지금 그들이 있는 신전 한가운데는 마치 지옥의 축소판이라고 해도 좋을 만큼 그 기운을 복사한 느낌이었다.

인간이 지옥의 기운에 폭사당한다는 것은 말 그대로 죽음을 의미했다.

 지금 두 다리로 서서 프루레디를 바라보는 것만으로도 눈앞의 인간이 예사 인간이 아님을 증명한다.

 그리고 그 인간은 지금 말을 하려고 애를 쓰고 있었다.

 '흠, 저렇단 말이지.'

 프루레디는 김춘추를 지켜보고 있었다.

 우연히 반지가 있는 고대 신전을 발견했다. 이 신전의 주인이 제법 신경 써서 마계에 노출되지 않으려고 애를 쓴 모양이었다.

 그런 흔적이 되려 프루레디의 흥미를 끌었다.

 그리고 반지가 발견되었다. 아니, 반지가 있는 곳임을 알게 되었다.

 드래곤들과 마찬가지로 마계에서도 반지를 흥미롭게 바라보고 있었다.

 "별거 없는 인간이군."

 김춘추가 말을 못하고 있자 프루레디가 다소 지루하다는 식으로 내뱉었다.

 드래곤을 이끌고 이 바하트 계곡까지 들어온 인간이기에 흥미롭게 지켜보고 있었다. 일부러 죽지 않을 만큼의 대접도 해 주었고.

 인간이 어디까지 제 능력을 발휘하는지 궁금해서였다.

물론 이 자리에 저렇게 서 있는 것도 대단한 거지만, 그래도 프루레디의 기준에는 미치지 못했다.
"바아라크, 그만 돌아가자."
말을 내뱉으면서 프루레디가 몸을 돌리는 때였다.
김춘추가 외쳤다.
"바… 반… 반지 내놔."
"호오."
프루레디는 다시 몸을 돌려 김춘추를 바라보았다. 그러고는 만족스럽다는 듯이 고개를 끄덕였다.
"제법인데."
"반지를 내놔."
김춘추가 다시 한 번 말했다.
입을 떼는 게 힘들었지, 막상 입을 여니 그를 옥죄고 있던 기운이 순식간에 흩어지기 시작했다.
"내가 반지를 갖고 있는 것은 아니지."
프루레디가 말했다.
"이곳에는 반지가 분명 있다."
"그렇지. 그것 때문에 너와 내가 이곳에 있는 게 아닌가?"
프루레디가 당연하다는 듯이 대꾸했다.
"어디에 있지?"
"글쎄, 솔직히 이곳에 반지가 있다는 것은 알겠는데, 어디에 있는지는 나도 모르지."

"말도 안 돼. 천하의 4군단 사령관이 모를 수가 있어?"

김춘추는 일부러 사령관이란 단어를 강조했다.

"뭐, 내 오기를 자극하려고 드는 거라면 사양하지. 난 내 능력도 잘 알고 있고, 반지 위치를 모른다고 해서 열등감에 휩싸이는 그런 악마가 아니거든."

"그렇군."

김춘추는 고개를 크게 끄덕이며 말을 이었다.

"그렇다면 내가 반지를 찾을 때까지 가만있겠는가?"

"그거야 당연하지. 나도 반지 구경은 하고 싶거든."

프루레디가 팔짱을 끼었다.

"좋아. 약속을 믿지."

김춘추의 말에 프루레디가 실실 웃으면서 놀리듯 말했다.

"악마가 하는 약속은 믿지 않는 게 좋은데?"

"그렇긴 하지. 뭐, 그래도 약속을 운운하는 것은 제법 효과가 있잖아?"

"인간치고 겁이 없군. 악마를 상대로 이런 수다를 늘어놓다니."

"입이 풀려서 말이야."

김춘추가 씨익 웃었다.

"제법 배짱이 세군. 마음에 들어."

"고맙군. 그럼 난 반지를 찾도록 하지."

그 말을 끝으로 김춘추는 프루레디 쪽에서 고개를 돌려

신전 내부를 훑어보았다.

분명 이곳에 반지의 기운이 강하게 느껴진다.

물론 프루레디와 그 등 뒤에서 날고 있는 아기 천사? 아마도 악마겠지.

그 둘의 시선뿐 아니라 김춘추를 데리고 온 리치 역시 따가운 시선으로 그를 바라보고 있었다. 마치 영화관에서 영화를 구경하는 것처럼 말이다.

김춘추는 어슬렁어슬렁 주변을 걸어 다녔다. 그가 움직일 때마다 악마들의 시선이 따라왔다.

하지만 김춘추는 아랑곳 않고 열심히 반지를 찾는 데 집중했다.

신전 한가운데, 유황불이 타고 있는 이곳은 제법 넓었다.

생각보다 많은 통로들이 신전의 제단이 있는 중심부와 연결되어 있었다.

'보통 귀중한 것은 제단 근처에 있지 않나?'

김춘추는 고개를 갸웃거렸다.

신전 제단이 있는 곳은 유황불이 타오르고 있는 곳에서 그리 멀지 않다. 하지만 그곳에는 아무런 흔적조차 없다.

그렇다는 것은 중심부와 연결된 통로들, 각 통로들의 문을 열어 보는 수밖에 없었다.

하나하나 열어 볼 때마다 반지가 있는지 없는지 알 수 있을 테니까.

안타깝게도 열어 보기 전에는 반지에 대한 느낌이 오지 않았다.

'통로를 전부 열어 보란 뜻인가. 운이로군.'

김춘추는 한 통로를 열어 보았다.

끼익.

통로의 문은 한 번도 열린 적이 없는 것처럼 둔탁하고 낡은 소리를 내면서 열렸다.

저벅저벅.

김춘추가 통로 문을 통해서 안으로 들어갔다.

악마들의 눈길이 느껴진다.

그렇다고 이들이 유황불 한가운데서 나와서 김춘추를 따라다니는 것은 아니었다.

저 자리에 서 있어도 김춘추의 모든 행적이 전부 관찰되는 것만 같았다.

이 순간, 그런 능력이 몹시 아쉬운 김춘추였다.

통로 문을 통해서 들어간 곳은 그다지 넓지 않은 사각형으로 된 방이었다.

아마도 신전 중심부와 연결된 이 통로들은 창고 역할을 하는 곳 같다. 안에는 여러 가지 것들이 쌓여 있었으니까.

어떤 방은 수많은 금화들이 놓여 있었고, 또 어떤 방은 보석들이 번쩍이고 있다. 또 어떤 방은 곡물들이 넘쳐흐르고 있었다.

오랜 세월이 지났는데도 곡물들은 여전히 썩지 않은 채였다. 무슨 저장 마법을 걸어 놓은 것 같다.

 적어도 이 신전은 세워진 지 수천 년이 넘었을 텐데.

 헬레니드 대륙의 인간들 기억 속에 사라진 신전이라면 당연히 1대륙년을 지났을 텐데도 불구하고 저장 마법은 아직도 유효한 듯했다.

 '대단한데.'

 김춘추는 각 통로로 연결된 방에서 발견한 것들을 자신의 아공간에 집어넣고 싶다는 충동이 일었다.

 하지만 그것들에게 손을 대지 않았다.

 자신의 목적은 반지. 그 목적 이외의 것을 탐내면 분명 화근이 될 것이다.

 물론 그로서도 보석이나 금화가 아깝지 않은 것은 아니다. 하지만 살아 나가야 한다.

 끼익.

 통로 문을 열자 케케묵은 냄새가 훅 몰려왔다. 책이었다. 무수히 많은 책들이 책꽂이에 가지런히 꽂혀 있었다.

 '대마법사가 이곳을 보았으면 좋아했겠지.'

 김춘추는 그렇게 생각하면서 고개를 저었다.

 그 뒤로도 몇 개의 통로 문을 열었는지 모르겠다. 시간이 꽤나 흐른 것 같다.

 '왜 이렇게 통로가 더 많아진 것 같지?'

김춘추는 고개를 갸웃거리면서 중심부에 연결된 통로들을 바라보았다.

"휴우."

그는 한숨을 가볍게 쉬었다.

통로 문을 열수록 더 많은 통로 문이 생긴다.

물론 그 통로 하나하나 귀중한 것들로 가득 차 있다. 그것들을 구경하는 즐거움은 좋다.

하지만 가지고 갈 수 없으니, 눈앞의 떡이다.

김춘추는 느릿느릿하게 몸을 돌려 유황불이 타고 있는 곳으로 되돌아왔다.

"찾았나?"

프루레디가 너무도 뻔한 질문을 해 왔다. 그에 김춘추가 이맛살을 찡그리면서 말했다.

"좀 비키지."

"눈치챘군."

프루레디가 재밌다는 표정을 지었다.

"반지가 어디 있는 줄 모른다면서?"

"악마의 말을 믿는가?"

"반지 내놔."

"내가 안 갖고 있다."

"그 말도 거짓말이겠지."

"그렇게 믿고 싶으면 믿고."

프루레디는 김춘추가 믿든 말든 아무런 상관도 없다는 듯이 말했다.

 김춘추는 그런 그를 노려보다가, 무슨 생각에서인지 유황불을 향해서 거침없이 걸었다.

 어차피 반지는 저곳에 있다.

 수십 개나 되는 통로 문을 열고서야 느낄 수가 있었다.

 '이것들이 장난하나.'

 김춘추는 타오르는 유황불을 보자 짜증이 일었다.

 하지만 어쩌겠는가.

 그는 거침없이 유황불이 타오르고 있는 곳을 향해 걸어 들어왔다.

 프루레디가 웃는다. 그 뒤의 천사로 가장한 악마도 웃고 있다.

 김춘추는 그들이 어떤 식으로 나오든 상관없이 타오르는 유황불, 그들에게 거침없이 걸어 들어왔다.

 온몸이 유황불로 타오르는 것만 같다. 아프다는 말만으로는 설명이 안 된다.

 게다가 엄청난 압력이 그를 짓누르고 있었다.

 만약 그가 그 압력에 굴복하면 그대로 바닥에 짜부라질 것만 같았다.

 "으윽……."

 김춘추는 신음 소리를 냈다.

하지만 그의 몸은 꼿꼿하게 버티고 섰다.

정신조차 아득해지는 기분이었다. 마치 꿈속을 걷는 느낌이었다.

순간, 시바 여왕이 그를 향해서 웃는다.

'착각인가?'

김춘추는 반지를 낀 손을 내밀었다.

프루레디를 향해서.

팟.

그 순간, 프루레디가 사라졌다. 그의 등 뒤에 있던 어린 천사를 가장한 악마도 함께.

그리고 김춘추를 이곳으로 데리고 왔던 리치도, 모두가 순식간에 사라졌다.

거대한 압력이 한순간에 사라졌다.

"으으?"

갑자기 몸이 자유로워지자 김춘추는 당황해했다.

어디 그것뿐인가. 타오르던 유황불도 사라졌다. 악마들과 함께 말이다.

둥실.

반지가 떠오른다.

네 번째 반지가.

김춘추는 다시 손을 내밀었다.

마치 쇠가 자석에 빨려 들어오는 것처럼, 반지도 김춘추의 손가락에 빨려 들어왔다.

"휴."

김춘추는 자신도 모르게 한숨을 내쉬었다. 그리고 주변을 두리번거렸다.

제단이 눈앞에 존재했다.

여전히 고대 신전, 한가운데다.

하지만 아까 열어 보았던 통로 문들이 사라졌다.

그냥 휑하게 넓은 제단이 모셔 있는 공간밖에 남아 있지 않았다.

'다른 것들에게 손을 댔더라면.'

김춘추는 자신도 모르게 몸을 떨었다.

만약 그가 보석이나 책에 손을 댔더라면, 아마 그것으로 게임은 끝났을 것이다.

어쩌면 그것들을 가지고 이 신전을 나갈 수 있었을지도 모른다. 뭐, 죽었을 수도 있고.

어쨌거나 김춘추는 보석에 손을 내밀지 않은 것을 다행으로 여겼다.

이로써 다시 귀환할 수가 있다.

지구로.

'악마들은 뭐였지?'

김춘추는 유황불이 타오르던 한가운데를 바라보았다.

마치 꿈같다.
하지만 분명 악마는 존재했다.
'환상이었을까?'
그는 고개를 저으면서 자신의 손가락을 내려다보았다.

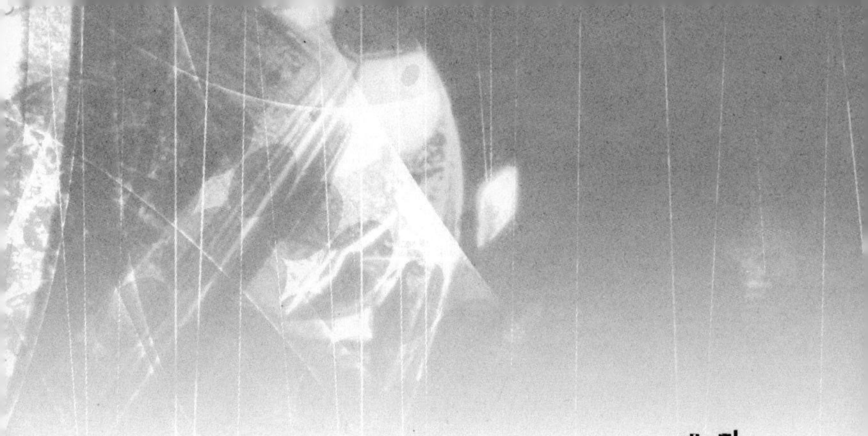

제7장

지그에논 왕국

김춘추가 만면에 미소를 띠고 일행 앞에 나타났다.

"성공했사와용?"

아그레스가 몸을 비비꼬면서 묻자 김춘추는 대답 대신 손을 내밀었다.

"우왕, 반지다."

아그레스가 들뜬 표정으로 말했다.

그 모습을 보고 대마법사는 고개를 갸우뚱했다.

김춘추의 손에는 이미 반지가 껴 있었다. 똑같은 반지. 그런데 그 똑같은 반지를 보고 반지라고 감탄하다니.

뭔가 상황이 이상하다.

'아차.'

그런 대마법사를 보고 김춘추는 반지를 내민 손을 거두었다.

인간들의 눈에는 그저 반지 하나밖에 보이지 않는다. 그러니 이 반지가 4개의 반지로 중첩되어 있다는 사실을 알 리가 없다.

물론 리디아에게도 반지 하나만 보인다. 하지만 그녀는 진심으로 기뻐하고 있었다.

"흐흠, 마법책은 발견했는가?"

대마법사가 일부러 헛기침을 하면서 물었다.

사실 그의 머릿속은 반지를 보는 아그레스의 이상한 행동에 대한 의문보다는 8서클로 가는 비법이 적힌 마법책으로 가득 차 있었다.

김춘추는 고개를 끄덕였다.

대마법사의 얼굴 표정이 환해졌다.

김춘추는 다시 고개를 저었다.

그러자 대마법사의 눈에 의아한 빛이 떠올랐다.

"제가 갔던 곳은 제단이 놓여 있는 중앙 방이었습니다. 처음에는 통로들이 연결되어 있었습니다. 한 통로 문을 열면 또 다른 통로들이 생겨났고, 각 통로 문의 안은 온갖 희귀한 것들이 쌓여 있는 창고였습니다."

"그, 그래서……?"

"저는 그 어떤 것에도 손을 대지 않았습니다. 아마 그 덕에 이렇게 제가 살아 돌아온 것이겠지요."

김춘추는 반지에 대한 이야기는 빼고, 4군단의 사령관 프루레디를 만난 것과 그의 모습을 묘사해 주었다.

"듣던 대로 똑같군."

마계에 대해서 어느 정도 정보가 훤했는지, 대마법사가 고개를 끄덕였다.

"그 창고들은 제 인내심을 시험해 보는 장소 같았습니다."

김춘추는 대마법사의 말에 얼른 덧붙였다.

그가 마법책을 집어 오지 않은 이유로서는 제법 그럴듯했다. 실제로 그렇기도 하고.

"그 통로들은?"

대마법사가 물었다.

"아쉽게도 전부 사라졌습니다."

김춘추의 말을 들은 대마법사의 얼굴 표정은 그야말로 벌레 씹은 표정이었다.

대마법사뿐만 아니라 원정대원들 전부 마찬가지였다.

목숨을 걸고 신전 안에 들어왔는데, 아무것도 가지고 나갈 게 없다.

그러니 실망할 수밖에.

기사들이야 대마법사와 캘리 공녀를 무사히 리스트란 공작가로 데려가기만 해도 목적 달성이라지만.

물론 용병들 역시 리스트란 공작가에서 충분한 일당은 지불하겠지만, 그래도 보물에 대한 기대감이 있었던지라 모두가 실망한 빛을 지울 수가 없었다.

"퍼거슨 씨, 저 표정들 보이시죠?"

김춘추가 퍼거슨 씨에게 말했다.

"호호호, 약속은 지키지."

퍼거슨 씨의 말에 원정대원들은 모두가 환호성을 질렀다. 딱 한 사람, 대마법사만 빼고.

원하던 8서클의 비법서도 얻지 못하고 리스트란 공작가에 가야 하는 그로서는 당연했다.

김춘추는 그런 대마법사를 보면서 속으로 혀를 찼다.

'대마법사, 당신이 자초한 거야.'

몇십 년을 준비해 왔다고는 하지만, 고대 신전에 대한 정보가 너무 없었다.

만약 김춘추가 합류하지 않았더라면, 대마법사가 이끌고 온 원정대는 신전 문 앞에서 전멸했을 것이다.

그의 목숨 값으로 리스트란 공작가에 가는 것까지는 김춘추로서는 알바가 아니었다.

✧ ✧ ✧

퍼거슨 씨는 약속을 지켰다. 자신의 창고 하나를 개방한 것이다.

단, 수많은 창고 중 금화가 가득 찬 창고 하나만이었지만, 그것만으로도 김춘추는 만족했다.

그렇게 평생 쓰고도 남을 금화가 75명의 원정대원들에게 돌아갔다.

한데, 예상치 못한 일이 생겼다.

퍼거슨 씨가 자신의 시종으로 캘리 공녀를 데리고 다녀야 한다고 주장해 온 것이다.

캘리 공녀 역시 마찬가지였다. 시종이니 당연히 주인 나리를 따라다녀야 한다고 주장했다.

베네사 남작이나 블랙 기사단원들은 난처하기 그지없었다.

감히 드래곤의 말을 거역할 수는 없다.

"어쩌죠?"

크림슨이 울상이 되어서 김춘추를 바라보았다.

"금화를 챙겼으니 뭐, 약속을 지켜야죠."

김춘추는 가볍게 대답했다.

퍼거슨 씨가 애초에 순순히 약속을 지킨 이유를 깨달았기 때문이다.

다만, 여자 인간 하나를 시종으로 삼자고 창고 하나를 개방하다니.

뭔가 수상하다는 기분을 지울 수가 없었다.

"오빠, 바로 가실 거예요?"

리디아가 불안한 눈빛으로 김춘추를 바라보면서 물었다.

네 번째 반지를 찾았으니 그는 이곳에 있을 이유가 없다. 하지만 리디아는 아직까지 그분에 대한 단서를 전혀 찾지 못했다.

지그에논 왕국이 눈앞에 있는데.

그런 리디아의 마음을 헤아렸는지 김춘추가 다정하게 말했다.

"금화 전해 주고 가야지."

"그, 그래도 돼요?"

"5일밖에 안 지났거든."

김춘추가 씨익 웃었다.

반지를 찾기 위해서 판테온에 머물 수 있는 기간은 한 달. 그러니 아직 시간은 충분했다.

리디아가 건너온 지그에논 왕국에 대한 호기심도 있었고.

그리고 그곳을 거점으로 사업을 시작해 보면 어떨까 하는 구상도 하고 있었다.

아무래도 아는 사람이 있는 곳에서 시작하는 게 좋겠지?

김춘추는 베네사 남작이 이끄는 리가 상단과 함께 시간을 보내면서 이런저런 정보들을 습득하고 있었다.

상단을 운영하면서 반지를 찾는다면, 그야말로 일석이조가 아닌가.

"목적이 정해졌군용."

아그레스가 끼어들었다. 그에 김춘추가 가볍게 한숨을 내쉬면서 고개를 끄덕였다.

"얘도 간대."

한데, 아그레스가 퍼거슨 씨를 가리키면서 말하는 통에 김춘추는 순간 식겁했다.

드래곤 하나도 모자라서 이제는 둘?

김춘추의 눈이 동전만 해지자, 퍼거슨 씨가 헛기침을 했다.

"막 잠에서 깨어났더니 몸이 슬슬 간지러워서. 그냥 이 근처를 돌아다녀 볼까 하다가……"

이 근처를 돌아다닌다……. 말이 그렇지.

김춘추는 퍼거슨 씨의 말을 단번에 알아들었다. 고대 신전을 포함한 이 계곡을 초토화시키겠다는 뜻이다. 자신이 함께 가는 것을 승낙하지 않으면 말이다.

협박 아닌 협박인 셈이다.

어쩐지 쉽게 금화를 내주더라.

김춘추는 자신의 몫으로 들어 있는 금화를 떠올렸다.

리디아에게 10분의 9를 건네주고도 10분의 1이 남았다. 이 정도면 상단 하나쯤은 조촐하게 꾸릴 수는 있었다.

그 시작은 초라하나 그 나중은 창대하리라.

그것은 김춘추의 꿈.

지구와 판테온을 오가면서 두 세계의 상권을 전부 지배해 보는 것도 재밌겠다는 생각이 들었다.

그런데 드래곤이 둘이나 붙어 버린다.

물론 안전하겠지. 하지만 드래곤은 또한 변덕스럽다.

김춘추가 퍼거슨 씨를 보면서 말했다.

"무조건 제 말을 들어야 합니다."

"나도 얘처럼 다닐래."

퍼거슨 씨는 덩치에 안 맞게 아그레스처럼 떼를 썼다. 즉, 자신의 정체를 드러내지 않고 구경꾼으로서 졸졸 따라다니겠다는 뜻이다.

김춘추의 목숨은 책임지겠지만 그 외의 것은 신경 쓰지 않겠다는 뜻이기도 하고.

-보는 눈이 많으니 일단 여기서 헤어지고, 나중에 산 밑에서 보는 걸로 하죠.

김춘추가 퍼거슨 씨에게 텔레파시를 보냈다.

퍼거슨 씨, 아니 블랙 드래곤은 감히 자신에게 텔레파시를 먼저 거는 인간, 김춘추를 흥미롭게 보았다.

역시 붉은 드래곤이 졸졸 따라다닐 만했다.

-좋아. 저 밑에서 보지.

-캘리 공녀님은 놔주시고요.

-저년? 쟤가 되레 따라다니겠다는데?

퍼거슨 씨가 캘리 공녀를 힐끔 보면서 말했다.

-휴우, 공녀님이 따라오면 그 뒤의 인간들도 쫓아옵니다.
-내가 알아듣게 얘기하지.
-그, 그게…….

퍼거슨 씨는 김춘추의 말을 자르고 대마법사와 베네사 남작 일행 쪽으로 거침없이 걸어갔다.

"저년은 나와 함께 가고, 너희는 너희의 길을 가라."

"……."

순간, 베네사 남작의 얼굴이 하얗게 질렸다.

캘리 공녀가 누군가. 루머스 제국 황제의 후처가 아닌가. 그런데 그분을 데려가겠다니.

하지만 퍼거슨 씨는 블랙 드래곤이다. 그것은 모두가 아는 사실이다.

누가 드래곤의 뜻을 어기겠는가.

만약 인간사에 관여하는 드래곤이 제국의 황제를 인질로 요구해도 들어줘야 할 판이었다.

"싫어?"

퍼거슨 씨가 베네사 남작을 향해서 눈을 부라렸다.

일촉즉발.

베네사 남작이 대답을 잘못하는 날에는 원정대원들은 그 순간 전멸이다.

"아, 아닙니다. 오히려 가문의 영광이라……."

"그럼 됐어."

퍼거슨 씨는 싱긋 웃는다. 그러자 캘리 공녀의 얼굴이 순간 환해졌다.

곧바로 퍼거슨 씨가 베네사 남작과 기사들, 용병들을 바라보면서 중얼거렸다.

"그리고 너희들."

피식.

그 순간, 그들이 허수아비처럼 옆으로 쓰러졌다.

"무, 무슨 일……?"

대마법사가 입을 쩌억 벌리고 말을 잇지 못했다.

"저들에게 정신 마법을 걸었다. 바하트 계곡에 대한 모든 기억이 사라졌지."

"아."

대마법사가 커다란 탄식을 내었다.

'정신 마법이라.'

이 순간, 대마법사와 김춘추는 같은 생각을 하고 있었다.

사람의 정신에서 일부의 기억만 감쪽같이 사라지게 만드는 정신 마법. 대단한데……. 뭐 이런 생각?

드래곤의 마법이 얼마나 대단한지 새삼 실감할 수 있었다.

7서클의 인간 마법사라면 아예 기억을 지운다던지 그럴 수는 있었지만, 일정 기억만 사라지게 하는 것은 어렵다. 그리고 그 후유증조차 꽤나 심각하다.

하지만 드래곤이 펼친 마법은 인간의 정신에 그다지 충격을 주지 않는 듯했다.

"어쩌시렵니까?"

김춘추가 대마법사에게 물었다.

베네사 남작의 일행이 깨어날 때까지 대마법사가 기다릴 것 같지는 않았다.

"할 수 없지. 자네를 따라가겠네."

대마법사는 김춘추가 원하지 않는 말을 꺼냈다.

"……."

김춘추는 또 하나의 혹, 대마법사를 바라보았다.

헬레니드 대륙에서는 위대한 대마법사인지 모르겠지만, 이 순간만큼은 그에게 혹이나 다름없었다.

"대마법사님이 사라지시면 저들은 이 코러스 산을 헤집고 다닐 겁니다."

김춘추가 지푸라기라도 잡는 심정으로 말했다.

"내가 남아 있을 이유도 없지."

하지만 대마법사는 고개를 저었다.

8서클에 대한 단서가 사라졌다. 그러니 이 코러스 산에 있을 이유가 없었다.

더구나 블랙 드래곤이 김춘추를 따라다닌다니. 흥미롭다. 분명 블랙 드래곤이 따라다니는 데는 그만한 이유가 있을 것이다.

"금화도 회수했다."

옆에서 퍼거슨 씨가 자랑스럽게 말했다. 그 말에 김춘추가 펄쩍 뛰었다.

"무슨 드래곤이 약속을 헌신짝처럼 어겨요?"

"기억을 잃은 자들에겐 약속은 무의미하다."

"으응?"

김춘추는 황급히 자신의 아공간을 점검했다. 금화가 그대로 들어 있다.

그는 고개를 끄덕였다.

하긴, 저들이 깨어났을 때 품에 기억도 없는 금화가 있다면 얼마나 황당하겠는가. 괜히 분란만 일으키는 것이다.

김춘추는 정신을 잃고 쓰러져 있는 크림슨을 힐끔 쳐다보았다.

그의 아들과 아내의 모습이 떠올랐지만 이내 고개를 저었다.

지금은 차라리 금화가 없는 게 낫다.

"어떻게 갈까요?"

김춘추는 자신의 일행을 보면서 물었다. 정확히는 퍼거슨 씨와 아그레스를 보면서였다.

"저기 마법사에게 물어봐."

퍼거슨 씨가 시큰둥하게 말했다.

"오호홍, 오라버니께서 시간이 없구나."

아그레스는 김춘추를 오라버니라고 불렀다. 듣는 이들까지 오그라들 정도로 애교를 부리면서 말이다.

심지어 블랙 드래곤인 퍼거슨 씨조차 아그레스를 못마땅하게 본다. 드래곤 망신 다 시키고 있었기에.

"솔직히 그렇지요. 대마법사님, 우리를 지그에논 왕국으로 공간 이동 부탁드립니다."

"지그에논 왕국이라……."

대마법사는 자신이 오래전에 방문했던 지그에논 왕국을 떠올리고는 고개를 끄덕이면서 말했다.

"그곳이 그대로 있다면, 문제없지."

"어떤 곳이죠?"

리디아가 대마법사에게 질문을 던졌다. 공간 이동 마법이 갖는 한계 때문이었다.

아무 공간이나 주문을 외운다고 이동하는 것이 아니었다. 자신이 아는 정확한 공간이 필요하다.

흑마법사가 예전에 공간 이동 마법을 통해서 자신의 저택으로 도망칠 수 있었던 것도, 자신의 저택이란 한정되고 명확한 장소가 있어서 가능한 것이었다. 게다가 마법진까지 사전에 철저하게 그려져 있었다.

그런 까닭에 김춘추나 리디아로서는 지그에논 왕국까지 공간 이동 마법을 펼칠 수가 없다. 사전에 마법진으로 두 공간을 연결하지 않았기 때문이다.

사실 말이 쉽지, 그것은 엄청난 마나석이 요구되는 작업이었다.

이런 공간 이동 마법진은 일부 황실이나 대귀족만 이용할 정도로 한정된 곳에서 운영되고 있었다. 한 번 공간 이동을 하는 데 엄청난 마나석이 소모됐기 때문이다.

다행히도 대마법사에게는 마법진을 그려야 한다는 제한은 없었다. 하지만 그 역시 원하는 공간의 정확한 상이 있어야 했다.

그런데 그곳이 5, 60년도 전에 방문했던 곳이다.

긴 세월 동안 그곳이 어떻게 변했을지 아무도 모른다.

대마법사는 리디아에게 자신이 지나갔던 지그에논 왕국의 한 장소에 대해서 설명해 주었다.

"아, 그곳은 이제 번화가예요."

리디아가 기뻐하며 어딘지 알겠다는 듯이 외쳤다. 그러자 김춘추가 옆에서 물어 왔다.

"공간 이동이 가능한 겁니까?"

"가능은 해요. 다만, 대마법사님이 아시는 공간이 그곳의 어떤 곳인지 모르겠어요. 세월이 많이 흘렀거든요. 수도에서도 꽤 큰 번화가인 곳은 확실해요."

"그 정도면 됐어요. 나머지는 운명에 맡기죠."

김춘추가 고개를 끄덕이면서 말했다.

대마법사가 합류한다고 해서 혹으로 여겼는데, 제법 쓸 만했다.

여기서 지그에논 왕국까지 아무리 빠른 말로 이동한다고 해도 시간이 꽤 걸릴 텐데.

저 두 드래곤은 협조할 생각이 없고.

대마법사 덕에 단숨에 갈 수 있으니 그것으로 만족이다.

"좋네. 모두 내 옆으로."

대마법사는 그렇게 말하고는 주문을 외우기 시작했다.

두 드래곤과 김춘추, 리디아와 캘리 공녀와 그녀의 오빠 루돌프가 대마법사의 옆으로 바짝 다가왔다.

그들의 주변으로 알 수 없는 문양의 마법진이 떠올랐다.

그리고 마법진은 대마법사의 의지에 따라 점점 밝게 빛나기 시작했다.

파팟.

◈ ◈ ◈

투툭.

툭.

허공에서 마법진이 빛났다.

그러더니 7명의 인간들이 그곳에서 떨어졌다.

"아이고."

대마법사의 입에서 신음 소리가 나왔다.

다행히도 그가 떨어진 곳에는 짚더미가 놓여 있었다.

하지만 몸이 단련 안 된 대마법사에게는 그 짚더미조차 고통스러웠다.

그나마 허공에서 떨어졌으니 다행인 셈이었다.

갑작스럽게 떨어져서 신체 강화 마법을 외우지 못한 까닭이다.

대마법사에 비하면 다른 이들은 훨씬 나았다.

두 드래곤은 그렇다 치고, 캘리 공녀까지 멀쩡하게 짚더미에서 일어났다.

시큼한 냄새가 몰려온다.

아미노산의 냄새.

오줌 냄새, 그리고 이어서 터지는 똥 냄새.

짚더미. 이곳은 말구유였다.

히이잉.

히잉.

김춘추와 일행을 보자 말들도 놀라서 하나둘씩 울어 대기 시작했다.

"허허, 과거에 이곳은 친우의 집이었는데."

대마법사가 약간은 허탈한 미소를 지면서 말했다.

이미 5, 60년 전 얘기였으니 친우도 이미 이 세상 사람이 아닐 것이다.

번화가로 발전했다고 해서 내심 반가웠는데.

친우는 알까? 그가 그토록 좋아하던 그 아늑한 방이 마구간으로 변했다는 사실을.

천계에서 보고 있겠지.

대마법사는 추억에 젖은 눈으로 마구간을 돌아보았다.

벌컥.

"당, 당신들, 누구야!"

그때, 마구간의 문이 열리더니 한 사내가 그들을 향해서 외쳤다.

"지나가던 나그네올시다."

대마법사가 두 손을 모아 합장하면서 대답했다.

"지, 지나가던 나그네?"

사내는 여전히 의심스러운 눈길로 이들을 바라보았다.

허여멀건 젊은이 둘과 아리따운 아가씨 둘, 그리고 늙은 사내와 산적처럼 생긴 사내 하나, 게다가 붉은 머리카락의 엘프까지 있었다.

'도대체 무슨 여행자 무리지?'

사내가 의아하다는 눈초리로 일행을 바라보았다. 그런 그를 향해 대마법사가 정중한 어조로 물었다.

"여기는 어딥니까?"

"여관의 마구간인데요?"

사내가 대꾸했다.

"그 말은 여기가 쉼터라는 뜻이군."
"여기 마구간이 아니라 저쪽에 있는 여관이 쉼터구요."
사내는 대마법사가 손님으로 머무를 뜻이 있음을 알고 재빨리 정정해 줬다.
대마법사가 일행을 한 번 쳐다보고는 다시 사내에게 말했다.
"안내하시오."
"따라오시죠, 손님."
사내는 어느새 태도를 바꾸어 대마법사와 일행을 안내했고, 김춘추는 조용히 그 뒤를 따라갔다.
리디아 역시 마찬가지였다.
그녀의 마음 같아서는 당장 왕궁, 아니 황궁으로 가고 싶었다. 하지만 김춘추가 사전에 지그에논 왕국의 사정을 일단 살피고서 움직이자고 제안했다. 그녀도 동의했고.
리디아가 떠난 지 4년이다.
그 안에 황궁에 어떤 일이 있었는지, 아니 우선 지그에논 왕국의 사정을 아는 것도 중요했다.

마구간 밖으로 나오자 환한 햇살이 그들을 비췄다.
리디아는 여관으로 향하면서 주변을 두리번거렸다.
분명 그녀가 아는 번화가였다.
왕궁이 있는 중심 시가지는 아니었지만, 그래도 수도 내에서는 꽤 유명한 곳이었다.

하지만 4년이 흐른 지금은 한낱 평범한 시가지로 보였다.

한낮이었지만 사람들의 왕래는 별로 없었다.

리디아의 낯빛이 점점 어두워졌다.

툭툭.

김춘추가 그녀의 마음을 알고는 등을 가볍게 두드렸다.

"고마워요, 오빠."

리디아는 나지막하게 속삭였다.

일행은 사내를 쫓아 여관으로 들어갔다.

여관 안은 생각보다 깔끔했다. 1층은 식당과 술집을 겸하고 있었고, 2층과 3층에는 여행객이나 모험가들이 묵을 수 있는 방이 있었다.

"며칠 묵으실 겁니까?"

여관 주인으로 보이는 자가 나와서 물었다.

"일단 열흘 치 계산하죠."

그렇게 말하고는 김춘추는 품에서 골드를 꺼내 내밀었다. 베네사 남작에게 받은 골드였다.

1골드면 7명의 인원이 이곳에서 열흘 정도는 편히 머물 수 있는 금액이었다. 4인 가족의 한 달 생활비로 1골드면 풍족했으니까 말이다.

"고맙습니다."

여관 주인은 골드를 손에 쥐고는 희희낙락했다. 참으로

오랜만에 쥐어 보는 골드였다.

'손님이 별로 없군.'

김춘추는 1층을 둘러본 소감을 속으로 생각했다.

제법 아늑하고 깔끔한 것을 보니 여관 주인이 꽤 정성을 들이는 것 같다. 그에 비해 손님은 별로 없다.

일행은 각기 방을 정하고는 1층으로 내려왔다. 그사이 여관 주인이 식사를 준비해 왔다.

"지금 당장은 이것밖에 없습니다. 식료품을 더 주문했으니 내일 아침은 이것보다 나을 겁니다."

여관 주인이 미안하다는 표정을 지으면서 그들에게 채소 몇 가지로 만든 볶음 요리와 빵을 내왔다.

이것은 그가 당장 자신의 부엌에서 만들 수 있는 최상의 요리였다.

"식량 사정이 안 좋습니까?"

김춘추가 넉살 좋게 물어 왔다.

"몇 년째 가뭄입니다."

여관 주인의 말을 들은 리디아의 안색이 더욱 어두워졌다. 가뜩이나 불안했는데, 그녀의 걱정이 현실화된 셈이었다.

"어, 얼마나요?"

"4년입니다."

리디아의 물음에 여관 주인이 무겁게 고개를 끄덕이면

서 말했다.

"4년……."

리디아는 자신도 모르게 고개를 떨어뜨렸다.

그녀가 지구로 넘어간 지 4년이 흘렀다. 그 4년 사이에 지그에논 왕국은 가뭄이 들었다.

절대 무관하지 않을 것이다. 그들이 연 금단의 마법에 대한 대가일지도 모른다.

리디아는 자신 때문에 지그에논 왕국의 백성들이 고통받고 있다는 생각에, 금방이라도 울음이 터지기 일보 직전이었다.

"뭔가 이상하네."

그때, 캘리 공녀가 리디아를 보면서 중얼거렸다.

그녀는 리디아를 타이레아 폰 홀슈타인으로 알고 있었다. 그리고 얼마 전에 그녀의 오빠가 그녀를 데리고 코러스 산으로 도망쳤었다.

그런데 왜 4년이라는 숫자를 중얼거리지?

생각에 빠진 캘리 공녀는 김춘추와 리디아를 번갈아 바라보았다.

'이크.'

김춘추는 캘리 공녀의 의심스런 눈빛을 알아챘다.

이들이 지그에논에 되돌아온 것은 홀슈타인 가문에 금화를 가져다주기 위해서라는 명분이 있었다.

캘리 공녀나 루돌프는 리디아가 황녀의 신분이라는 것을 모른다. 물론 지구를 다녀온 것도 모르고.

괜히 알려지게 되면 일이 꼬일 수도 있었다.

적어도 캘리 공녀는 루머스 제국인이 아닌가.

'이래서 귀찮다는 거였는데.'

김춘추는 퍼거슨 씨를 약간은 원망스러운 눈빛으로 보았다.

퍼거슨 씨는 여전히 팔짱을 끼고 있었다.

드래곤끼리는 무척 수다스러운지, 아그레스는 퍼거슨 씨에게 김춘추와 리디아에 대해서 꽤 많은 수다를 떤 모양새였다.

"리디아, 내일 금화를 가져다주러 가자."

김춘추가 다정한 오빠인 척하면서 리디아를 달랬다.

"그 정도 금화면 너네 가문은 일어나겠네."

캘리 공녀가 위로랍시고 건네는 말에 리디아는 가만히 고개를 끄덕였다.

그녀도 눈치는 있다.

적어도 캘리 공녀 앞에서는 평범한 귀족가의 영애로서 행동해야 했다.

"고마워요."

리디아가 작은 목소리로 캘리 공녀에게 감사의 말을 전했다.

"언니라고 해. 우리 사이에 그 정도는 할 수 있잖아?"

캘리 공녀가 싱긋 웃었다.

"아, 언니……."

리디아가 얼굴을 살짝 붉히면서 말했다. 위로 오빠만 있던 그녀로서는 언니가 생기는 것이 좋았다.

"언니 소리 듣기 좋네. 동생."

김춘추는 캘리 공녀의 말에 그녀를 힐끔 쳐다보았다.

퍼거슨 씨에게만 아부할 줄로만 알았는데, 이제 보니 제법이었다.

식사를 마친 일행은 그 자리에서 가볍게 맥주 한 잔을 시켰다.

물론 퍼거슨 씨와 아그레스는 한 잔으로 끝나지 않았다.

맥주가 맛있다나. 아주 줄기차게 들이부었다.

그 바람에 여관 주인은 하인과 함께 이 근방 일대를 뛰어다녀야 했다. 맥주를 구하기 위해서.

그리고 김춘추는 이들을 위해서 2골드를 더 내놓아야 했다. 맥주 값을 지불하기 위해서.

가뭄으로 맥주 값이 턱없이 비쌌기 때문이다.

맥주를 구하는 것도 신기할 지경일 만큼 이 일대 역시 맥주 품귀 현상을 앓고 있었다.

그런데도 돈으로 모든 것이 해결되었다.

대마법사와 루돌프조차 긴장이 풀렸는지 편안한 모습으

로 차와 맥주를 마시고 있었다.

그렇게 맥주로 저녁을 보내고, 일행은 각자 자신의 방으로 돌아갔다.

손님이 워낙 없던 터라 2층과 3층에 있는 10개의 방이 전부 비어 있었고, 그 덕에 각자 자신의 마음에 드는 방을 하나씩 골라서 자는 게 가능했다.

"으윽."

김춘추는 침대 위에 몸을 뉘었다.

오랜만이다. 이렇게 편안하게 침대에 몸을 눕혀 본 것은.

김춘추는 크게 기지개를 폈다.

스르륵.

무거운 눈꺼풀 덕에 잠이 금방 들었다.

◈ ◈ ◈

부스럭부스럭.

번쩍.

수상한 소리에 김춘추는 잠에서 깨었다.

그는 어두운 방 안, 그곳에서 자신의 짐을 뒤지고 있는 도둑들을 바라보았다.

도둑은 셋이었다.

"뭘 찾지?"

김춘추가 낮게 속삭였다.

"이크, 깼군."

한 도둑이 김춘추가 벗어 놓은 외투 자락을 내려놓더니 허리춤에서 바스타드 소드를 꺼내 들었다.

달빛을 받아 바스타드 소드의 날이 번쩍였다.

"겨우 그거 가지고 날 협박할 생각이냐?"

김춘추가 어이없다는 듯이 말했다.

"골드를 전부 내놓아라. 네놈에게 골드가 있는 것을 안다."

김춘추는 도둑들을 바라보았다. 모두 처음 보는 얼굴이었다.

오늘 맥주를 구하기 위해 여관 주인이 이 일대를 돌아다니는 바람에 자신에게 골드가 있다는 것이 소문이 난 듯했다.

'제길, 조심했어야 하는데.'

김춘추는 자신의 방심에 이맛살을 찡그렸다.

4년 동안 가뭄에 시달린 이들이다. 이런 이들이 도둑으로 변하는 것은 한순간이었다.

아무리 선량한 자라도 밥 앞에서는 장사가 없지.

"이건 어때?"

김춘추는 두 손을 자신의 가슴 앞으로 모았다. 그리고 일부러 커다란 소리로 마법 주문을 외우기 시작했다.

"마, 마법사……?"

도둑들의 눈이 휘둥그레졌다.

마법사라는 신분은 지그에논 왕국에서는 더없이 귀했다. 다른 왕국보다도 말이다.

따라서 마법사를 눈앞에서 실제로 보는 것은 지그에논 왕국에서는 드문 일이었다.

"달아나!"

한 도둑의 입에서 고함이 터져 나왔다.

그사이 김춘추의 손에서 만들어지고 있는, 지글지글 타오르는 파이어볼.

도둑들은 순식간에 창문으로 뛰어내렸다.

"저런, 가 버렸네."

김춘추가 완성된 파이어볼을 보면서 입맛을 다셨다. 물론 의도적이었다.

이보다 더 빨리 파이어볼을 만들 수는 있었지만, 일부러 그들에게 시간을 준 것이었다.

'이럴 때가 아니지.'

김춘추는 서둘러 방을 나섰다.

2층으로 내려오자, 리디아가 캘리 공녀, 루돌프와 함께 복도에 서 있는 것이 보였다.

김춘추의 입가에 미소가 지어졌다.

도둑들은 김춘추의 방에만 침입한 것이 아니었다. 이 일대 도둑들은 전부 이 여관을 노리고 들어왔다. 간만에 접한 골드 소식에 말이다.

밤새 슬픔에 겨워 잠 못 이루고 있던 리디아가 제일 먼저 그 낌새를 알아챘다. 그러고는 캘리 공녀의 방으로 황급히 움직였던 것이다.

루돌프 역시 캘리 공녀의 옆방에 머물고 있었기에 리디아의 보호를 받을 수가 있었다.

"다른 사람들은요?"

리디아가 김춘추에게 물었다.

"도둑들이 문제겠지."

김춘추가 고개를 저으면서 말했다.

"아……."

그 말의 뜻을 알아채고는 리디아는 고개를 끄덕였다.

하지만 다음 순간에 후다닥 위층으로 뛰어갔다.

대마법사와 두 드래곤들 사이에서 도둑들이 무슨 수모를 당하고 있을지 안 봐도 뻔하다.

리디아는 그것을 염려해 저렇게 황급히 올라간 것이었다.

'도둑도 자기 백성이란 뜻이겠지.'

그런 리디아의 뒷모습을 보면서 김춘추는 잠시 생각에 잠겼다. 이 이상 그가 나서는 것보다 그녀에게 맡기는 것이 좋았다.

제8장

함께한다는 것의 의미

위층으로 올라간 리디아는 입이 딱 벌어졌다.

복도에는 이미 퍼거슨 씨, 아그레스와 대마법사가 나와 있었다.

퍼거슨 씨의 한쪽 손에는 도둑으로 짐작되는 사내가 매달려 있었다.

어디 그뿐인가.

한눈에 딱 보기에도 가냘퍼 보이는 아그레스의 발밑에도 한 사내가 쓰러진 채였다.

대마법사의 앞에도 예외는 아니었다. 두 사내가 무릎을 꿇고 비는 중이었다.

"용, 용서해 주세요. 먹을 게 없다 보니……."

"제발…… 이 여관에 돈 많은 자가 들어왔다는 소문……."
도둑들은 연신 잘못을 빌고 있었다.
"감히 우리 일행을 털려 하다니!"
퍼거슨 씨가 노여움을 띠고 소리를 질렀다.
그는 다른 손에 들고 있는 무기, 바하트 계곡에서 그들 원정대가 썼던 은창을 어디서 주웠는지, 그 은창을 도둑의 목젖 앞까지 갖다 대고 있었다.
"그들을 용서하세요."
리디아가 정중한 어조로 말했다.
"왜?"
퍼거슨 씨가 리디아를 보면서 물었다.
그의 눈빛에는 재미난 것을 발견했을 때의 기색이 드러나 있었다.
리디아는 재차 부탁했다.
"이유는 없어요. 이번은 용서하세요. 사람은 처음 한 번은 용서해요."
"얘가 도둑질을 처음 했는지 어떻게 알아?"
퍼거슨 씨의 말에 리디아가 조용히 항변했다.
"우리에게는 처음이잖아요."
그녀의 항변에 도둑들은 희망 어린 표정으로 리디아를 바라보았다.
털썩.

퍼거슨 씨가 도둑을 잡은 손을 풀었다. 그 바람에 도둑은 바닥에 떨어졌다.

"고, 고맙습니다."

"인사는 저 아가씨에게 해."

그렇게 말하고는 퍼거슨 씨는 성큼성큼 아그레스가 있는 쪽으로 갔다.

"…왜용?"

아그레스가 자기 쪽으로 오는 퍼거슨 씨를 바라보았다. 리디아 역시 아그레스를 바라보았다.

"오호호, 설마 이 가냘픈 발로 이 사내를 밟겠사와요?"

"넌 그러고 남아."

퍼거슨 씨가 고개를 끄덕였다. 리디아 역시 고개를 끄덕였다.

"어머, 날 너무 무지막지하게 보시네용."

아그레스의 말에 그녀의 발밑에 쓰러져 있던 도둑이 어이없다는 표정을 지었다.

엄청 연약해 보이던 그녀가, 무지막지한 힘으로 자신을 내팽개쳤으니 그런 표정을 짓는 것도 무리는 아니었다.

"아이이이잉."

아그레스는 몸을 비비 꼬면서 들었던 발을 도둑의 옆으로 살짝 내려놓았다.

"커흥."

대마법사도 헛기침을 했다.

뭐, 대마법사야 그들을 해치려고 한 것보다 설교를 늘어놓고 있었지만.

"다들 앞으로는 도둑질을 하지 마세요. 정당하게 먹고살도록 노력하세요."

리디아가 도둑들을 향해서 말했다.

"우, 우리도 그러고 싶지만……."

항변하던 도둑들은 퍼거슨 씨와 아그레스의 눈치에 말문이 막혔다.

"알아요. 당장 먹을 게 없으니 남의 것을 도둑질할 수밖에 없다는 거. 왕국에서 조만간 당신들이 먹고살 길을 마련해 줄 거예요."

"쳇, 무능한 왕국 따위……."

도둑들 중 한 사내가 피식거렸다.

다른 도둑들도 대놓고 그러지만 않았지, 다들 불신의 빛이 떠올라 있었다.

리디아는 순간 당황했다.

자신의 백성들이 왕실을 신뢰하지 못한다는 것이 뻔히 보였기 때문이다.

"그녀의 말을 보증하지."

그때, 리디아의 뒤에서 김춘추가 나타나 한마디를 던졌다.

"……."

도둑들, 사내들은 의아한 표정으로 그런 김춘추를 바라보았다.

"구차하게 설명할 필요는 없다. 너희는 너희의 집으로 가서 왕국에서 너희를 보살펴 줄 것이란 믿음을 가져라."

그렇게 말하면서 김춘추는 도둑들의 품에 1골드씩을 던졌다.

백 마디 말보다 골드가 더 설득력이 있다고 했던가.

도둑들의 표정이 순식간에 환해졌다.

그들은 김춘추의 마음이 변하기 전에 그 자리를 서둘러 도망쳐 갔다.

다다다닥.

다닥.

도둑들이 사라진 복도에는 그들 일행만이 서 있었다.

제 왕국에서 벌어진 일이 부끄러운 리디아.

캘리 공녀와 루돌프, 대마법사는 그녀의 사정을 잘 모른다. 두 드래곤이야 관심도 없고.

"이만 들어가 자."

"잠은 다 깼어요."

리디아가 슬프게 고개를 저었다.

"좋은 일이 생길 것 같은데."

김춘추가 씨익 웃는다.

함께한다는 것의 의미 • 235

그 사이를 끼어들며 캘리 공녀가 물었다.
"뭔데?"
"비가 내리고 있어요."
"아."
김춘추의 말을 들은 리디아의 얼굴에 화색이 돌았다.
모두들 창문 쪽으로 다가가자, 김춘추의 말은 곧 사실로 드러났다.
후드득.
기분 좋은 빗방울 소리가 창문을 가볍게 치는 게 들렸다.
"정말 비가 오네."
리디아가 창문을 보면서 기분 좋게 중얼거렸다.
그녀뿐이 아니었다.
곧 여관 인근에 사는 자들이 하나둘씩 밖으로 나오기 시작했다.
4년 만에 내리는 비로 인해서 다들 즐거워하고 있었다. 그 무리 중에는 여관 주인의 얼굴도 보였다.
리디아는 그런 백성들의 모습을 말없이 그 자리에서 계속 지켜보았다.
그리고 나머지 일행은 자리를 피해 주었다.

✧ ✧ ✧

다음 날, 리디아와 김춘추는 지그에논 왕궁으로 떠날 준비를 했다.

"우리를 이대로 내팽개쳐 놓고 가지는 않겠지?"

어느새 캘리 공녀가 김춘추의 방문 앞에 서 있었다.

"당신은 루머스 제국 분이 아니십니까?"

김춘추가 물었다.

"거기서 도망 왔는걸. 이미 나는 내 나라는 버렸어. 리디아에게는 의미가 있을지 몰라도 나는 아니야."

"리디아?"

김춘추가 캘리 공녀의 말에 반문했다.

"퍼거슨 씨, 아니 내 주인 나리에게 들었어. 너희, 홀슈타인 가문의 자식들이 아니라는데?"

"무슨 드래곤이 입이 이렇게 싼지."

김춘추는 어이가 없어 고개를 저었다.

"네놈은 드래곤을 함부로 떠벌리고 있지 않는가."

어느새 싱글벙글 웃으면서 나타난 퍼거슨 씨가 항변해왔다.

'아차.'

김춘추는 이들의 속내를 짐작했다.

아그레스와 퍼거슨 씨는 자신을 끝까지 쫓아다닐 생각이다. 어디를 가든지. 여관 따위에 앉아서 기다릴 생각이 전혀 없다.

퍼거슨 씨가 움직이면 캘리 공녀와 루돌프도 움직여야 한다. 그러니 아예 캘리 공녀에게 리디아의 신분을 폭로한 것이다.

"그러니까, 다들 따라오시겠다는 거죠?"

김춘추가 절레절레 흔들면서 말했다.

"재미난 구경이잖아."

퍼거슨 씨가 대답했다.

"전 항상 네 편이양."

아그레스가 환하게 웃어 보인다.

"제가 누군가요? 전 그냥 퍼거슨 씨의 종자예요."

캘리 공녀가 능청을 떤다. 그 옆에 서서 루돌프조차 격하게 고개를 끄덕였다.

"이렇게 된 이상, 모두들 제 왕실로 초청하겠어요."

어느새 리디아까지 나타나서 말하고 있었다.

그녀는 드레스 자락을 양손으로 살짝 들고는 정중하게 무릎을 살짝 굽혔다.

"…그렇다는데?"

퍼거슨 씨가 김춘추를 바라보자, 그는 일행을 보며 딱 잘라 말했다.

"좋아요. 모두들 가죠. 단, 리디아 황녀님도 4년 만의 귀국이라 상황이 어떤지 전혀 모릅니다. 어떠한 상황에도 실망하는 빛을 보여서는 안 됩니다."

"실망하기 있기 없기? 오홍홍, 난 그런 거 몰라이잉."

아그레스가 순박하게 말하면서 복도를 뛰어다녔다. 누가 보면 그저 해맑은 엘프처럼 보이리라.

"왜 그러세요? 아그레스 님."

김춘추가 짓궂게 말했다.

"어머!"

순간, 캘리 공녀가 황급히 손을 입으로 갖다 대었다. 여태껏 아그레스를 그레이아라는 엘프로 알고 있던 그녀로서는 다분히 충격적이었다.

아그레스라는 이름을 캘리 공녀와 루돌프가 모를 리 없었다.

"어머!"

아그레스도 손을 입 앞에 갖다 대면서 캘리 공녀처럼 놀란 척을 했다.

"퍼거슨 씨에게 전부 이야기한 거 알아요. 이제 공평하죠?"

김춘추가 아그레스를 보면서 웃었다. 그러자 아그레스가 고개를 끄덕였다.

"칫. 뭐, 서로 간의 신분 노출은 봐주지."

"내 정체도 얘들이 아니까 별거 아니야."

퍼거슨 씨가 위로랍시고 아그레스에게 말했다.

캘리 공녀가 눈을 크게 뜨고 김춘추에게 지금 자신이 들

함께한다는 것의 의미 · 239

은 내용들, 즉 아그레스가 그 붉은 드래곤이 맞냐는 표정을 지었다.

달리 말을 할 필요도 없었다.

이들은 아그레스 산맥을 함께 지나온 사이였고, 그레이아로 소개되었을 때 아그레스는 붉은 드래곤의 노예로 알려진 것이다.

김춘추는 고개를 끄덕였다. 그러자 루돌프의 얼굴 표정도 시시각각 변했다.

하나, 다행히도 두 사람은 금방 이성을 찾았다.

드래곤이 둘씩이나 그들 옆에 있다. 폴리모프한 채로.

딱히 어떤 설명이 필요할까. 이보다 더 든든한 여행객 무리가 있을까.

남매의 머릿속에는 그런 생각이 맴돌고 있었다.

어차피 루머스 제국에서는 쫓기는 몸이 되었다. 그러니 이 세상에서 가장 안전한 이들과 함께 있는 셈이었다.

모든 상황을 이해한 후, 캘리 공녀가 입을 열었다.

"왕실에 가기 전에 길드에 들르자."

"이유는?"

김춘추가 물었다.

"설마, 나를 루머스 제국 황제의 후처 따위라고 소개할 작정이야?"

캘리 공녀가 이유도 모르냐면서 핀잔을 주었다.

"새 신분? 오케이."

김춘추는 고개를 끄덕였다.

"오빠도 필요해요."

리디아가 옆에서 거들었고, 김춘추가 동의했다.

"하긴 나도 필요하지."

"우리도 필요해."

"나도 필요해!"

퍼거슨 씨와 아그레스가 동시에 소리를 질렀다.

"이거, 리디아 빼고는 모두가 신분이 필요하군요. 단, 아그레스 님은 빼고요."

김춘추가 일행을 찬찬히 보면서 말했다.

"칫."

아그레스가 입을 삐죽 내밀었다.

"엘프잖아요. 그 귀가 통행증입니다."

"나도 신분 있으면 좋겠다앙."

"소용없어요."

김춘추는 아그레스의 칭얼거림을 딱 잘라 거절했다.

✧ ✧ ✧

결국 일행은 전부 길드로 몰려갔다.

길드는 한가했다.

비가 아직까지 내리고 있지만, 그렇다고 단숨에 곡식이 자라는 것은 아니니까.

"무슨 일로 왔습니까?"

그들을 반긴 것은 삐쩍 마른 여자애였다.

길드에서 일하는 하녀로 대략 16, 17살쯤 되어 보였다. 하지만 제대로 먹지 못한 게 뚜렷하게 티가 났다.

"신분을 사러 왔습니다."

"따라오시죠."

여자애의 안내로 일행은 길드 안, 으슥한 방으로 안내되었다.

그곳에는 한 노파가 앉아 있었다.

"어떤 신분을 원하시오?"

"어떤 신분들이 있습니까?"

"돈에 따라 다르지. 귀족도 살 수 있다네."

"흠."

노파의 말에 김춘추가 잠시 생각에 잠겼다.

상단을 운영하기 위해서는 평민보다 아무래도 귀족의 지위가 낫다고 판단되었다.

하지만 이들에게는 리디아가 있다.

여차하면 왕실에서 이들에게 귀족 신분을 내려 주지 않을까?

괜히 큰돈을 들일 필요가 없었다.

어젯밤의 소란으로 봐도, 골드를 낭비하는 것은 쓸데없는 일이었다.

"평민으로, 다섯 주시오."

"알겠네."

노파는 어딘가로 향했다.

이윽고 모습을 드러낸 그녀의 손에는 5장의 신분 증명서가 담겨 있었다.

지그에논 왕국 변방 영지에 사는 평민들의 신분이었다.

"이자들이 실제로 존재합니까?"

"난들 알 바는 아니지."

노파가 고개를 저으면서 대답했다.

김춘추는 불편한 진실을 깨달았다.

그는 노파에게 1골드를 던져 주고 신분 증명서를 받았다. 겨우 1골드로 5명의 신분을 살 수 있다니. 씁쓸했다.

"내 신분은 뭐야?"

"신분 증명서 줘 봐."

다들 앞 다투어 자신들의 신분 증명서를 받았다.

심지어 대마법사조차 재밌다는 듯이 새 신분 증명서를 받았다.

"이게 뭐야?"

퍼거슨 씨가 신분 증명서를 보더니 실망한 표정을 지었다.

왕족도 아니고, 귀족도 아닌 평민이라니.

그것도 이들 일행 전부가 다 한 가족이었다.

"내 아버지가 저 양반?"

퍼거슨 씨가 대마법사를 바라보았다.

대마법사가 고개를 끄덕인다.

드래곤을 아들로 두다니. 재밌다. 묘한 희열감이 든다. 비록 종잇조각에 불과하지만.

할아버지, 윌리 커크. 대마법사.

아들, 한스 커크. 퍼거슨 씨.

아들의 아들, 이반 커크. 루돌프.

역시 아들의 아들, 게리 커크. 김춘추.

아들의 딸, 제인 커크. 캘리 공녀.

"너희는 좋겠당."

아그레스가 부럽다는 듯이 그들을 바라보았다. 그러자 김춘추가 고개를 저으면서 대꾸했다.

"하나도 안 좋거든요."

각자의 신분을 원했는데 노파가 잘못 이해했나 보다. 결국 대가족을 만들어 버렸다.

그때, 리디아가 일행을 보면서 말했다.

"제가 아바마마에게 잘 말해 볼게요. 어쩌면 귀족 신분을 주실 수도 있어요."

퍼거슨 씨가 리디아를 보면서 기쁨에 겨워 소리쳤다.

"그렇지. 네가 있었지!"

"무슨……. 신분에 연연합니까?

김춘추가 그런 퍼거슨 씨를 구박하듯이 말했다.

블랙 드래곤으로 대하는 것보다 자연스럽게 대하는 편이 낫다는 이론으로, 자신을 막 대해 달라고 퍼거슨 씨가 어젯밤에 부탁 아닌 부탁을 해 왔기 때문이다.

어떻게 보면 특이한 아그레스보다 퍼거슨 씨 쪽이 더 인간에 가까웠다. 감정이 풍부하다는 것만으로도 벌써 인간과 비슷한 면이 있는가 보다.

아니, 어쩌면 인간들은 블랙 드래곤의 품에서 나온 게 아닐까?

김춘추는 다소 황당한 생각을 해 보았다.

"이왕이면 귀족이 좋지."

퍼거슨 씨가 투덜거렸다.

사람들과 격이 없어지자 그의 성격이 점점 표출되고 있었다.

드래곤들도 사람들과 별다를 게 없네?

김춘추는 그렇게 속으로 생각하면서 문득 할머니 박애자가 한 말을 떠올렸다.

사람이든 뭐든, 다 똑같다라는 말.

드래곤들과 며칠을 지내다 보니 그 말이 맞다는 것을 알 수가 있었다.

◈ ◈ ◈

 리디아가 돌아왔다는 소식에 지그에논 왕실은 난리가 났다.
 테토도르 황제와 그의 아내 케트린 황비가 접견실로 달려 나왔다.
 접견실에는 리디아와 김춘추, 나머지 일행이 서 있었다.
 "왔느냐."
 테토도르 황제가 리디아를 보면서 감격에 겨워 했다. 케트린 황비는 그녀를 안아 주었다.
 "어머니, 아직 저는 그분을 찾지 못했어요."
 리디아가 슬픔에 겨운 목소리로 울먹였다.
 "괜찮다, 괜찮아. 네가 떠나고 이 왕국에 비가 내리지 않았단다. 그런데 어젯밤부터 비가 내리더구나. 혹시 네가 오지 않을까 하고 막연히 기대했었단다. 그런데 정말 왔구나. 그분을 찾지 못해도 좋단다. 너는 우리 왕국의 가장 소중한 보물이란다."
 케트린 황비는 그렇게 말하면서 리디아를 위로해 주었다. 그녀의 얼굴에는 딸을 향한 애정이 가득 차 있었다.
 "오라버니는요?"
 "아직 부상에서 회복되지 않았단다."
 테토도르 황제가 어두운 얼굴로 말했다.
 차원 이동 마법을 펼치려던 순간, 배신한 사제에게 칼을 맞은 황태자는 다행히 죽지는 않았다. 하지만 그 상처가 너무도 깊어서 여전히 투병 중에 있었다.

"제가 성공하기만 했어도……."

리디아의 안색도 덩달아 슬퍼졌다.

그때, 대마법사가 나섰다.

"허흠, 그건 내가 손볼 수 있소."

"저분은 누구시냐?"

"아."

리디아가 대답하기를 주저하는 빛을 띠었다.

이들 일행은 전부 서로 약속하지 않았던가. 각자의 진짜 신분은 일행 외에는 발설하지 않기로.

"이분은 윌리 커크라고 합니다. 제 할아버지 되시는 분인데, 의술에 매우 뛰어나십니다. 다만 바깥세상에 무척 어두우셔서 신분 차이에 대해서도 이해를 못하십니다. 황제 폐하께서는 은혜를 베풀어 주십시오."

김춘추가 무릎을 꿇고는 정중하게 말했다.

"그렇구나."

테토도르 황제는 김춘추와 일행을 번갈아 보면서 이해한 듯했다.

"자세한 이야기는 나중에 말씀드릴게요. 저는 이분들 덕에 이곳까지 안전하게 올 수 있었어요."

리디아는 사전에 이야기된 대로 설명을 했다.

"큰일 날 뻔했구나."

고개를 끄덕이는 케트린 황비를 보며 리디아가 덧붙였다.

"좋은 분들이세요."

"그래 보이는군."

테토도르 황제는 무언가 알 수 없는 눈빛을 띤 채 말했다. 그의 얼굴에 어떤 표정이 스쳐 지나갔지만, 딱히 읽을 수가 없었다.

아마도 황제는 리디아의 말을 전부 믿는 것은 아닌가 보다. 적어도 그거 하나는 알겠다.

리디아는 대마법사를 안내해서 오빠인 콘스탄트 황태자의 침실로 안내했다.

물론 일행은 전부 대마법사의 뒤를 쫓아다녔다.

"이분은 제게 맡기고 다들 쉬시지요."

대마법사가 웃으면서 말했다.

이 일행은 참 재밌다.

아기 새들이 어미 새를 쫓아다니는 것처럼 누구 하나가 움직이면 전부 움직여 버리니 말이다.

물론 얽히고설킨 관계 때문에 그런 결과가 발생했지만.

뭐, 어쨌든 간에 혼자가 아니니 좋은 셈이었다.

대부분 혼자서 일평생을 살아온 이들이었기에 누군가가 옆에 있다는 느낌은 새로웠다.

대마법사가 콘스탄트 황태자에게 힐링의 빛을 쬐는 동안 다들 방 안에서 멀뚱하게 서 있었다.

"다들 차 한잔하실래요?"

리디아의 권유에 다들 고개를 끄덕였다.

리디아는 그들을 데리고 황실 전용의 정원으로 향했다.

정원은 아늑했다.

캘리 공녀는 정원을 바라보면서 안타까운 표정을 지었다.

루머스 제국의 정원에 비하면 새 발의 피였다. 게다가 4년 동안 가뭄이 들어서 그런지 정원에는 제대로 자란 식물들이 없었다.

하지만 부지런히 쓸고 닦은 흔적이 역력했다.

정성.

그 정원에는 사람의 정성이 가득 차 있었다.

'부러운데.'

캘리 공녀는 진심으로 부러웠다.

"이쪽으로 앉으세요."

리디아는 다정한 어조로 캘리 공녀에게 말했고, 캘리 공녀는 그 말에 자신의 자리에 가서 앉았다.

다른 일행도 각자 편한 자세로 의자에 앉아 리디아가 따라 주는 차를 홀짝였다.

"맛 끝내주는데?"

퍼거슨 씨가 제일 먼저 탄성을 질렀다.

"코러스 산 호숫가에서 따 왔으니 그렇지."

"오, 거기서 따 온 거야?"

아그레스가 면박을 주는데도 전혀 상관 않고 퍼거슨 씨는 횡재했다는 표정을 지었다.

'드래곤이 저런 표정을 지어도 되는 거야?'

그런 퍼거슨 씨를 보면서 캘리 공녀는 살짝 허무해졌다.

보통 드래곤 하면 '장엄하고 위대한'이란 단어가 수식어로 따라다닌다.

그런 드래곤이… 뭐, 아그레스도 마찬가지지만, 그녀의 고정관념을 단숨에 깨 버렸다.

지금 그녀의 앞에 있는 두 드래곤은 장난치기 좋아하는, 이웃에서 흔히 마주칠 수 있는 이들과 다를 바가 없었기 때문이다.

'내가 익숙해져야겠지.'

캘리 공녀가 빙그레 웃었다.

저래 보여도 그들이 무서워질 때는 가차 없다는 사실을 잘 알고 있으니까.

캘리 공녀는 리디아가 따라 준 차를 홀짝였다.

향긋한 마나의 풍부함이 입안으로 흘러 들어왔다. 왜 퍼거슨 씨가 감탄했는지 이해가 되었다.

루머스 제국의 황실에서도 이런 차를 마셔 본 적은 없다.

"우리도 코러스 산 정상에 있었는데, 어째서 이런 것을 발견 못했지?"

캘리 공녀가 아그레스를 의심스러운 눈빛으로 보았다.

김춘추가 캘리 공녀와 루돌프를 맡기고 황급히 지구로 떠난 이후, 아그레스는 이들을 데리고 호수 근처에서 오두막을 짓고 살았다. 김춘추를 기다리면서 말이다.

하지만 아그레스는 이들에게 호수를 보여 주지 않았다. 이들은 여전히 결계 밖에서 살았던 셈이었다.

"아, 저도 오빠가 주었어요."

리디아가 볼을 붉히면서 말했다.

그녀도 김춘추와 함께 호수 위에 떨어졌다. 당연히 결계 안이었지만, 김춘추가 호수 주변 가득히 나 있는 약초들을 캐 주기 전까지는 그 중요성을 몰랐다.

그저 코러스 산 정상, 전설의 그 장소에 서 있다는 것만으로도 감격해서 그 어떤 것도 세세하게 눈에 들어오지 않았던 것이다.

어쨌거나 찻잎들은 김춘추가 준 것이나 다름없다.

리디아는 캘리 공녀가 상대적 박탈감이 들지 않도록 배려했다.

"훗, 믿겠어. 나도 한번 데려가 달라고 해야지."

캘리 공녀는 리디아를 향해 고개를 끄덕이면서, 그리고 누구 들으라는 듯이 중얼거렸다.

"위대하신 분의 종자이시니 언젠간 가시겠죠."

김춘추가 심드렁하게 대꾸했다.

"아차, 그렇지."

캘리 공녀가 퍼거슨 씨의 눈을 똑바로 바라본다. 그러고는 입을 열었다.

"아버지, 저도 그 호수에 데려가 주세요."

"누가 아버지냐? 나는 네 주인 나리다."

퍼거슨 씨가 말했다. 하지만 캘리 공녀는 싱긋 웃으면서 태연하게 대답했다.

"한스 커크시잖아요? 저는 제인 커크. 더구나 생긴 것만 봐도 제가 딱 아버지 딸인데요?"

"그으래?"

퍼거슨 씨는 캘리 공녀가 자신이 그와 닮았다고 주장하자 함박웃음을 지었다.

선천적으로 드래곤들은 성인이 되면 아무리 부모라고 하더라도 그다지 왕래하지 않는다. 철저하게 혼자가 되는 것이다.

그런데 감정이 풍부한 블랙 드래곤은 다른 드래곤들과는 달리 가족 간의 정이 유별나다. 하여, 다른 드래곤들과는 달리 그들은 왕래도 자주 한다.

하지만 퍼거슨 씨는 바하트 계곡을 새로운 둥지로 찾기 전에 이미 부모를 잃었다.

그 자세한 사연은 뒤로하고.

어쨌거나 퍼거슨 씨는 캘리 공녀의 말이 싫지 않은 눈치였다.

"크흠. 그래, 내 딸아."

"아버지, 저도 한번 데려가 주세요. 쟤들은 다 갔다 왔대요."

캘리 공녀는 퍼거슨 씨에게 아양을 부렸다. 제법 딸처럼 말이다.

"우리 딸도 가 봐야지."

"아들도요."

이때다 싶었는지 캘리 공녀가 루돌프를 가리키면서 말했다.

남들보다 수줍음이 많고 이성적인 루돌프는 차마 자신의 입으로 자신을 드래곤의 아들이라고 말하지 못하고 있었다.

"오냐오냐. 이반도 있었구나."

"네… 아버지."

루돌프가 다 죽어 가는 소리로 대꾸했다.

여기서 대답을 안 했다가는, 퍼거슨 씨의 노여움을 살 게 뻔했다.

"아버지, 저도 있는데요?"

김춘추가 넉살좋게 끼어들었다.

"오오!"

"아잉……."

퍼거슨 씨의 득의양양한 함성과 아그레스의 힘없는 탄식이 동시에 터져 나왔다.

김춘추를 아들로 두게 된 퍼거슨 씨는 아그레스를 보면서 함박웃음을 지었다. 아그레스는 그 모습을 부럽다는 듯이 바라보았다.

"멋진 가족이네요."

리디아 역시 연신 그들의 잔에 차를 따르면서도 맞장구를 쳐주었다.

초라한 왕실 정원이었지만, 정말이지 오랜만에 느껴 보는 따뜻한 감정이었다.

'언제 우리 왕국에서 이런 따뜻한 소리가 났을까.'

리디아는 왕국을 떠올리고는 우울한 표정을 지었다. 하지만 이내 고개를 젓고는 다시 밝은 모습으로 돌아왔다. 일행에게 자신의 속상한 감정을 드러내기 싫었기 때문이다.

잠시 후, 김춘추가 갑자기 아공간을 열었다.

그러자 퍼거슨 씨의 제일 작은 창고에 쌓여 있던 금화들이 우수수 흘러나왔다.

75명이 그 창고에 있는 금화를 나누어 가졌다. 개개인이 평생 호화롭게 먹고살 수 있는 돈이었다.

이미 이 돈의 10분의 9를 리디아에게 주기로 김춘추는 약속을 했다. 그는 일부러 그 약속을 이 자리에서 지키고 있었다.

"약속대로 금화를 건네주지."

김춘추의 말에 캘리 공녀와 루돌프의 눈이 동그래졌다. 이들은 리디아와 김춘추 간의 약속을 몰랐기 때문이다.

"그걸 왜 주는데?"

궁금하다는 듯이 질문하는 아그레스에게 김춘추가 상황을 설명했다.

"지그에논 왕국이 4년간 가뭄이 들었으니, 식량이 필요할 겁니다. 나라를 부강하게 만들려면 일단 백성들이 배불리 먹어야 합니다. 그래야 왕의 말을 잘 듣죠."

"그러니까 너는 리디아를 돕겠다는 뜻이양?"

"뭐, 약속이죠. 절 따라와 주었으니. 저도 심심하지 않은 여행이 되었고."

김춘추의 뒷말은 사실 억지였다.

그는 리디아가 자신을 따라온 것에 대해서 불편하지도, 편하지도 않다. 다만 자신과 리디아, 그리고 그분이라는 존재가 어떻게든 연결되어 있으리란 것을 알고 그녀를 기꺼이 이곳으로 데려왔을 뿐이다.

"하긴, 여기 오다가 보니까 다들 너무 홀쭉하더랑."

아그레스가 고개를 끄덕였다.

그러고는 자신의 아공간을 열어, 퍼거슨 씨의 작은 창고에서 나온 금화를 꺼내었다.

"네 녀석이 왜 내 금화를 가지고 있느냐?"

퍼거슨 씨의 타박에 아그레스가 냉큼 대꾸했다.

"똑같이 나눴잖아."

"그렇다고 네놈까지 나누어 갖냐?"

"나도 원정대 일원이거든?"

아그레스가 항변했다.

"아, 그래… 아차, 그러고 보니 나도 원정대의 일원이었네."

퍼거슨 씨는 그렇게 말하고는 자신의 아공간을 열어서 원정대원들에게 똑같이 배분한 금화를 꺼냈다.

그 광경을 보고 김춘추와 리디아, 캘리 공녀와 루돌프는 어이가 없었다.

자신의 창고에서 나온 것을 똑같이 배분받다니. 모자라도 한참 모자란 드래곤이 아닌가?

"허허, 나도 원정대 일원이잖아."

퍼거슨 씨가 웃는다.

"우리도 이걸 리디아에게 줄겡."

아그레스는 선심 쓴다는 듯이 말했다.

자신의 창고에서 나온 금화가 아니니, 누굴 줘도 상관없다는 투였다.

"너만 주면 줬지, 왜 우리라고 지칭하는 거야!"

퍼거슨 씨가 소리쳤다.

"어차피 그 금화는 쟤네들 주려고 개방한 거잖아?"

아그레스의 말에 퍼거슨 씨가 웃는다.

"네놈 때문에 제대로 티도 못 내고 거저 주네."

그렇게 말하면서도 퍼거슨 씨는 리디아에게 시선을 돌렸다.

순식간에 늘어난 금화로 인해 리디아는 기쁨에 겨워 어쩔 줄을 몰랐다.

"나도 줄게."

캘리 공녀는 그렇게 말하면서 자신의 몫과 오빠의 몫인 금화를 자신의 아공간에서 꺼냈다.

1서클의 마법사라서 캘리 공녀도 아공간을 가지고 있었다. 다른 마법사들에 비해서 넓지는 않지만, 그래도 보석이나 금화들을 충분히 넣을 수는 있었다. 물론 다른 것들은 어림도 없지만.

돈만 있으면 어디서든지 필요한 것들을 구할 수 있으니, 작은 아공간이라도 가지고 있는 것이 그나마 다행이었다.

"언니는 나중에 필요하지 않으세요?"

리디아가 그런 캘리 공녀를 걱정스러운 눈빛으로 바라보았다.

"원정대에서 받은 것뿐이야. 원래 가지고 온 것들은 나한테 있으니까 걱정 마. 그것들은 애초에 계획에 없던 것이니

나에게 큰 의미도 없어."

캘리 공녀가 단호하게 말했다. 그 바람에 루돌프는 발언 기회를 놓쳤다.

그는 약간은 아쉽다는 표정을 지었지만, 퍼거슨 씨의 환심과 관심, 사랑을 캘리 공녀가 받을 수 있다면 그것이 더 이득임을 잘 알았다.

캘리 공녀가 이런 행동을 함으로써 퍼거슨 씨는 점점 그녀를 마음에 두고 있었다.

드래곤이 완전하게 캘리 공녀를 마음에 들어 한다면, 제 아무리 리스트란 공작이라고 해도 그녀에게 함부로 손을 댈 수 없을 것이다.

그야말로 천군마마가 따로 없지 않는가.

캘리 공녀의 생각을 재빨리 알아챈 덕분에 루돌프도 황급히 자신의 감정을 숨기고 고개를 끄덕였다.

"모두들 정말 감사합니다."

리디아의 눈에서 기쁨의 눈물이 흘러내렸다.

제9장

커크 상단

"흠, 나도 끼워 주지 않겠소? 명색이 할아버지인데."

그때, 리디아의 뒤에서 대마법사가 나타났다.

그는 자애로운 미소를 띤 채 리디아를 바라보았다.

백성을 사랑하는 리디아의 예쁜 모습에 그녀를 점점 마음에 들어 하게 된 대마법사였다.

더구나 리디아는 죽은 자신의 손녀와 꼭 닮았다.

처음 그녀를 보았을 때 자신의 손녀가 환생한 줄 알았을 정도였다.

물론 그런 감정을 일행에게 내색하지는 않았지만.

리디아를 눈여겨보다 보니 그녀가 얼마나 착하고 아름다운 아이인지 더욱 잘 알게 되었다.

다정한 성격과 상대를 배려하는 태도는 봐도봐도 마음에 들었다.

"어머, 영광입니다."

리디아가 얼굴에 홍조를 띠면서 말했고, 대마법사는 그녀가 내미는 차를 받아 쥐고는 대답했다.

"오빠는 곧 일어나니 걱정 마시게."

"정말 감사드립니다."

리디아는 기쁨에 겨웠다.

마음 같아서는 당장이라도 오빠에게 가 보고 싶지만, 그것은 오빠를 치료해 준 대마법사에 대한 예의가 아니었다.

게다가 치료를 끝낸 오빠도 틀림없이 오랜만에 달콤한 잠에 빠져 있을 터였다.

'다 모였군.'

김춘추는 일행을 한 번 훑어봤다.

그 순간, 퍼거슨 씨와 아그레스가 자신을 뚫어지게 바라보고 있는 것을 발견했다.

그들의 표정에는, 뭔가 재미난 것 없냐는 타박의 빛이 역력하게 드러나 있었다.

김춘추는 그런 그들의 표정을 무시하고 리디아에게 시선을 돌렸다.

"이제 그 금화로 무엇을 하실 겁니까?"

리디아가 대답했다.

"곡물을 사서 백성들에게 나누어 줘야죠."

"그냥?"

김춘추가 반문했다.

"아, 어떻게 하면 좋을까요?"

리디아의 질문에 김춘추가 자신의 생각을 내놓기 시작했다.

"백성을 배불리 먹여서 왕국을 일으킨다는 생각은 좋습니다만……."

"그러면요?"

"그동안 이곳에 대해서는 황녀님께 대충 이야기를 들었습니다. 그래서 줄곧 생각해 봤습니다."

김춘추는 리디아를 보면서 운을 뗐다. 한데, 리디아보다 캘리 공녀가 먼저 질문을 해 왔다.

"어떤 생각이요?"

"왕국이 부강해지려면 왕의 힘이 강하거나 백성들이 전체적으로 모두 부자여야 합니다. 후자의 경우는 이곳에서 어렵겠죠?"

"그렇죠. 귀족이란 제도가 있으니."

리디아가 고개를 끄덕였다.

"그렇다면 전자만 남았군요. 왕의 힘이 강해진다. 중앙집권정치를 하려면 귀족들을 전부 왕실에 절대적인 충성을 시켜야 하겠죠?"

"그게……."

리디아는 말끝을 흐렸다.

지그에논 왕국은 사실상 왕의 힘보다 귀족들의 힘이 더 강하다.

한때 사이온 평야까지 그 힘이 미칠 정도로 강대했던 지그에논 제국은 지금 존재하지 않는다.

오랜 세월이 흐르는 동안 그분의 흔적을 가진 강력한 힘은 사라졌다. 그에 귀족들은 자신들의 뱃속과 이권을 챙기기에만 바빴다.

그사이 힘을 키운 다른 나라들이 지그에논 제국을 침략했고, 매번 패전을 거듭한 지그에논 제국은 이제 왕국으로 전락해 버렸다.

사이온 평야까지 미치던 제국의 경계선은 이제 코러스 산 아래까지 밀려 나왔다.

그것뿐이 아니다. 지그에논 왕국은 옆에 있는 파이온 제국에게 매년 공물을 보낼 정도로 힘없는 약소국으로 전락한 것이다.

귀족들은 지그에논 왕실보다 파이온 제국의 왕족들과 귀족들의 눈치를 더 보게 되었다.

게다가 지금은 4년의 가뭄이 들었다. 그 바람에 귀족들조차 제대로 먹지 못해서 아우성이었다. 파이온 제국으로 넘어간 귀족까지 있을 지경이었다.

공물을 상납하는 것은 아예 꿈도 꾸지 못한다.

김춘추도 지그에논 왕국이 처한 이런 상황을 알고 있었다.

그는 리디아를 똑바로 보면서 말했다.

"어차피 백성들은 각 귀족의 영지에 삽니다. 그러니 우리가 곡물을 풀 대상은 귀족입니다."

"하, 하지만……."

리디아는 하마터면 의자를 박차고 일어설 뻔했다.

귀족들이 곡물을 받고 자신의 영주민들에게 나눠 주지 않으면?

귀족들의 행태를 잘 아는 그녀로서는 당연한 반응이었다.

김춘추가 씨익 웃었다.

"물론 그 대가로 영지를 사야죠."

"아, 하지만 그렇게 되면?"

리디아가 다시 반문했다.

"다시 영지를 돌려주는 겁니다."

"그건 왜요?"

리디아가 김춘추의 말이 앞뒤가 안 맞는다는 듯이 고개를 갸웃거렸다.

"돌려주되 대여하는 거죠. 엄연하게 영지는 모두 지그에논 황제의 것이 됩니다."

"아."

리디아는 자신도 모르게 탄복했다.

귀족들은 이제 국왕의 대리인으로서, 자신의 영주에서 대리자 노릇만 할 뿐이다. 기존처럼 강력하게 영주권을 주장할 수가 없는 것이다.

그렇게 되면 세제 개혁이라든지 여러 가지 혁신적인 개혁을 시도할 수가 있다.

그전, 테토도르 황제가 황위에 올라서 여러 차례 세제 개혁을 시도해 보았지만 귀족들의 완강한 반대에 부딪쳐 뜻을 이루지 못했다.

그 얘기를 어렸을 때부터 듣고 자란 리디아였다.

황실에 힘만 있다면.

늘 힘을 갈구하게 된 것도 그 이유에서였다.

김춘추의 생각을 들은 리디아는 자신도 모르게 고개를 끄덕였다.

"좋네."

퍼거슨 씨가 옆에서 한마디 했다.

인간들의 나라에 불어오는 변화를 처음부터 지켜보는 즐거움이 생겼다.

이런 것도 재밌다.

이 인간들, 앞으로 어떻게 판테온 세계를 바꾸어 갈지 점점 기대가 되었다.

"곡물은 어디서 가져오죠?"

캘리 공녀가 옆에서 현실적인 질문을 던지자 김춘추가 대답했다.

"사이온 평야가 지금은 곡창지대라고 들었습니다."

"맞아. 거기, 곡창지대야. 4년 동안 강수량이 풍부해졌대. 아……?"

그렇게 말하던 캘리 공녀는 순간 무언가 생각이 났는지 리디아를 바라보았다.

리디아나 김춘추 역시 캘리 공녀의 말에 깨달은 게 있는지 잠시 생각에 잠기는 눈치였다.

"4년. 이곳은 가물고 사이온 평야는 풍부해졌네."

캘리 공녀가 중얼거렸다.

'우연이 아니겠지.'

속으로 그녀의 말에 맞장구를 치며 김춘추가 물었다.

"사이온 평야, 그곳을 지배하는 나라가 루머스 제국입니까?"

그러자 캘리 공녀가 대답했다.

"전부는 아니지만, 5분의 4는 루머스 제국이 지배해요. 나머지는 우르비노 제국와 소은 왕국, 포그림 왕국, 지키리아 왕국들이 얽혀 있고."

그동안 루머스 황실에서 멍하니 넋 놓고 살지는 않았다.

황제가 자신의 침소에 오지 않는다는 사실을 알게 되고

얼마나 기뻤는지.

 잘생긴 황제이긴 했지만, 그래도 관심이 없었다.

 사랑이 없는 강제 결혼. 아니, 결혼식도 없는 그저 후처로서 거처 하나만 달랑 받고 황실 한구석에 찌그러져 있던 그녀로서는 황제에 대한 미련도, 갈구도 없었다.

 늘 자유를 꿈꾸었다. 그러다 보니 바깥 사정을 면밀히 살폈고, 그 덕에 다른 사람들보다 바깥의 사정에 밝아졌다.

 점점 루머스 제국을 중심으로 세상에 어떻게 얽혀 있는지도 알게 되었다.

 리스트란 공작가의 딸, 그 가문이 갖는 힘은 크니까.

 그렇게 그녀는 황실에서도 다른 후처들과는 달리 자유롭게 많은 정보를 취득할 수가 있었다.

 "흐음, 그렇다면 루머스 제국 곡물 상단을 찾아가는 수밖에 없네요."

 "대놓고 찾아가면 곤란할 텐데?"

 캘리 공녀가 말했다.

 "커크 상단이라고 하면 어떨까요?"

 "커크 상단?"

 "전부 커크가이니 커크 상단이죠. 이제 우리는 리디아 황녀님의 의뢰로 이 금화들을 가지고 루머스 제국의 곡물 상단으로 찾아가서 최대한 곡물들을 긁어 옵니다. 그리고 계획대로 귀족들에게 영지를 받고 이것들을 풀어야죠."

김춘추가 단숨에 자신의 계획을 말했다.

짝짝짝.

"브라보, 괜찮은 생각인데?"

퍼거슨 씨가 제일 먼저 박수를 치면서 동의했다.

"왜 네가 이렇게 좋아서 난리야?"

첫 번째로 동의할 수 있는 기회를 퍼거슨 씨에 의해 놓쳐 버린 아그레스가 못마땅한 표정으로 시비를 걸었다. 그러자 퍼거슨 씨가 웃으면서 말했다.

"여행 가는 거잖아?"

"칫, 나도 좋아."

아그레스가 엄지와 검지손가락으로 동그라미를 그렸다.

"저도 환영이에요. 앞으로 커크 상단이 헬레니드 대륙의 제일 최강 상단이 되는 건가요?"

캘리 공녀가 환하게 미소 지으면서 말했다.

"그거 좋죠."

김춘추가 낮게 웃었다.

대마법사조차 고개를 끄덕였다. 하지만 그의 관심은 사실 딴 데 가 있었다.

"흠, 원한다면 내가 루머스 제국 변방까지 이동 마법을 펼칠 수가 있을 것 같군."

"정말입니까?"

대마법사의 말에 김춘추가 반색하면서 물었다.

"내가 예전에 살던 집이 그곳에 있지."

"아."

대마법사가 루머스 제국인임을 뒤늦게 떠올린 김춘추가 탄식을 내뱉었다.

"괜찮아. 나는 이미 루머스 제국의 사람이 아니야. 내 스스로 떠났네. 하지만 그 경험이 커크 상단에 도움이 된다면 기꺼이 도와주지."

"그 대가는요?"

김춘추가 대마법사의 눈을 똑바로 쳐다보면서 물었다.

"알지 않는가? 하지만 지금은 내 차례가 아니지."

대마법사가 싱긋 웃는다. 하나, 김춘추는 그 말의 의미를 알아챘다.

"8서클……."

대마법사는 지금 이 일행을 바하트 계곡의 원정대, 그 일환으로 보고 있었다.

다만 이제는 한 사람씩 각자 자신의 소원을 돌아가면서 처리하는 셈이었다.

이미 대마법사의 기회는 한 번 지났다. 바하트 계곡, 고대 신전이 바로 그의 기회였으니. 지금은 리디아의 소원을 들어주고 있는 것이었다.

더불어 김춘추의 꿈도 이곳에서 커크 상단을 운영하면서 실현되겠지.

상단은 필수적으로 헬레니드 대륙을 돌아다닐 수밖에 없다. 대마법사가 함께하면, 적어도 그가 가 본 곳은 이동 마법진을 쉽게 펼칠 수가 있어서 시간 소모가 적다.

또한 가 보지 못했던 곳이라 비록 이동 마법진을 펼칠 수가 없더라도 7서클의 마법사가 함께하니 이 여정은 든든할 터였다.

다만 그동안 대마법사가 원하는 8서클의 비법서에 관한 단서가 흘러 들어온다면, 김춘추 역시 대마법사가 리디아의 오빠를 조건 없이 치료해 주고 커크 상단을 위해서 아무런 대가 없이 마법을 사용해 준 것처럼 그를 도와주어야 한다.

대마법사의 말속에는 그런 의미가 담겨 있었다.

역시, 마법사답다.

김춘추는 고개를 끄덕였다.

"좋습니다."

"그럼 난 자네의 말로 족하네."

대마법사가 빙 둘러서 말을 했다.

즉, 김춘추가 자신의 말을 반드시 지킬 것을 요구하는 것이다.

"이거 일이 재밌게 되어 가넹. 오호호홍."

아그레스가 김춘추와 대마법사를 번갈아 바라보면서 웃었다.

인간들이 만든, 과거 3대륙 전의 8서클 비법서라……?

분명 재미난 모험이 될 것이다.

그런 비법서를 찾는 일은 바하트 계곡에 있던 고대 신전 때처럼 온갖 변수가 생길 테니 말이다.

아그레스의 눈빛이 반짝거렸다.

약간은 지겨워질 참이었는데, 다시 호기심에 불이 지펴졌다.

"그런데 너는 언제 가는 거야?"

문득 반지를 떠올린 아그레스가 김춘추에게 물었다.

"아직 23일이나 남았으니 곡물을 나눠 주는 것까지는 볼 수 있겠죠."

"빨리빨리 서둘러서 다른 일도 해야징."

"저보다 더 급하십니다."

그런 아그레스를 보면서 김춘추는 씨익 웃었다.

"커크 상단 만세당!"

아그레스가 순진한 미소를 지으면서 외치고는 의자를 박차고 일어났다.

"빨리 가장."

"이런, 성미가 급하십니다."

그렇게 말하면서도 김춘추는 아그레스를 따라서 자리에서 일어났고, 덩달아 다른 일행도 몸을 일으켰다.

"잠시만 기다리시게."

대마법사는 두 눈을 감고 주문을 외우면서 자신이 태어났던, 그곳을 떠올렸다.

그러자 그곳을 떠나기 전 마지막 광경들이 선명하게 떠올랐다. 동시에 마법진이 대마법사와 일행 주위에 떠올랐다.

코러스 산 때와 마찬가지로 그 빛은 점점 눈부시게 빛났다.

"코러스 산 때와는 달리 거리가 머네. 다들 손을 꽉 잡고 떨어지지 말도록."

대마법사가 일행에게 주의를 주었다.

콰악.

김춘추는 왼쪽에 서 있던 리디아의 손을 꽉 잡았다.

리디아의 얼굴에 홍조가 서린다. 하지만 그것을 김춘추는 눈치채지 못했다.

그의 오른쪽에 서 있던 아그레스가 힘을 꽉 주면서 그를 잡았으니까.

"으윽."

아무리 가냘프고 연약하게 생긴 아그레스지만 그래도 태생이 드래곤이다.

강력한 통증에 김춘추는 신음 소리를 냈다.

"어멍, 미안."

아그레스가 환하게 웃는다.

김춘추는 별수 없다는 듯이 고개를 저었다.

"내 손은 대충 잡냐?"

아그레스의 오른쪽에 서 있던 퍼거슨 씨가 투덜거렸다. 실제로 아그레스는 퍼거슨 씨의 왼손, 아니 새끼손가락만을 건성으로 잡고 있었다.

"흥, 네가 얘랑 같냐?"

퍼거슨 씨가 아그레스의 말에 버럭 소리를 질렀다.

"뭐라고?"

그 광경을 보면서, 아무리 퍼거슨 씨가 폴리모프한 드래곤이라지만 엘프인 그레이아가 너무 덤빈다고 캘리 공녀는 잠시 생각했다.

드래곤의 지배를 가장 싫어하는 종족이 있다면 엘프였다. 그런 이유에서 저 둘이 저렇게 입씨름을 하고 있는 게 아닐까?

그렇게 캘리 공녀는 아그레스와 퍼거슨 씨의 유치한 대화를 즐겁게 바라보았다.

그사이 마법진이 더욱 빛나기 시작했다.

물론 두 드래곤의 입씨름은 차원이 이동되기 직전까지 이어졌다.

마법진이 빛날수록 인간들의 얼굴 위로는 긴장의 빛이 진하게 드러나는데, 그런 면에서 드래곤은 드래곤이었다.

파팟.

한순간에 마법진의 빛이 터져 나왔고, 그 안에 있던 일행은 순식간에 사라졌다.

지그에온 왕실의 작은 정원, 작지만 깔끔한 그곳에는 막 차를 마셨던 흔적이 남아 있는 7개의 찻잔이 덩그러니 테이블 위에 놓여 있었다.

✦ ✦ ✦

팟.

책들로 가득 찬 커다란 서재.

허공에서 빛이 새어 나오더니 한순간에 공간이 일렁였다. 그러고는 차례차례 무언가를 토해 내기 시작했다.

김춘추와 그 일행이었다.

"오, 이번에는 멀쩡하네?"

캘리 공녀가 환하게 웃었다. 두 발로 제대로 바닥을 짚고 서 있었기 때문이다.

"여긴 어디죠?"

리디아가 주변을 보면서 물었다.

"루머스 제국, 베네치 후작의 영지령에 있는 집이지."

"우와, 한순간에 여기까지 날아오다니 신기해요……."

대마법사의 말에 감탄하듯이 내뱉은 리디아가 서재를 둘러보면서 다시 말을 이었다.

"대마법사님은 책을 무척 좋아하셨나 봐요. 역시."

"나도 그렇지만, 내 손녀가 무척 좋아했지."

대마법사의 말을 들은 리디아는 일순 꿀 먹은 벙어리가 되었다. 그의 말속에는 깊은 슬픔이 배여 있었다.

"여기에서는 할아버지라고 불러."

"아차, 그렇죠."

김춘추가 일부러 리디아에게 말을 걸자, 리디아는 알겠다는 듯이 고개를 끄덕이면서 대꾸했다.

"낮말은 쥐가 듣고 밤말은 도둑이 듣는다는 말이 있습니다. 커크 상단이 가는 곳은 어디든지 첩자나 염탐꾼이 있을 수 있으니 서로 간의 호칭에 유의해 주십시오."

김춘추는 일행에게 그렇게 다짐을 주었다. 방금 리디아처럼 같은 실수를 하면 안 되기 때문이다.

"알겠어용."

아그레스가 몸을 비비 꼬면서 대답했다.

"그레이아, 항상 상단의 뒤를 잘 봐줘."

그러자 김춘추가 씨익 웃으면서 말했다.

"어, 나한테도 임무를 맡기는 거야?"

"상단 일원 아니야?"

"난 커크가가 아닌데?"

"그런데 따라왔잖아. 게다가 금화도 주었고."

"아항, 그러면 제가 커크 상단에 투자를 한 셈이군용."

무엇이 기쁜지 아그레스는 호호거렸다.

"그렇죠. 그러니 함께 커크 상단을 대륙 제1의 상단으로 만들어야 하지 않겠습니까?"

"아잉, 좋아라."

아그레스가 천진난만하게 웃었다.

"넌 어떻게 그렇게 단순하냐?"

"금화를 제일 먼저 내민 것은 누군뎅?"

퍼거슨 씨가 그런 아그레스에게 시비를 걸었고, 아그레스는 퍼거슨 씨를 째려보았다.

다시 시작되었다.

두 드래곤의 시비가.

김춘추는 고개를 절레절레 저으면서 대마법사에게 시선을 돌렸다.

"여기가 베네치 후작가라면 곡물 상단과는 얼마나 멉니까?"

대마법사가 대답했다.

"흠, 이곳이 그대로 있으니 아마도 이곳에서 구입하면 될 걸세."

"곡물 상단을 베네치 후작가에서 운영한다 이 말이군요."

"그러네. 루머스 제국의 선선황제는 우리 가문에게 사이온 평야와 제일 가까운 영지를 주셨네. 아무래도 몬스터의 공격이 많은 곳이라 마법사 가문에 주면 그 피해를 줄일 수 있을 것이란 생각도 있었겠지."

대마법사가 설명을 이었다.

"이곳이 확실히 베네치 후작가가 맞네. 아마도 조카의 자식들이 운영하고 있겠지."

대마법사, 트리니 트러클 피센. 그리고 한때 베네치 후작으로 불렸던 그는 서재의 벽에 걸려 있는 가문의 초상화를 주욱 바라보았다.

초대 후작이었던 자신의 얼굴, 그리고 그 옆에 아들 내외의 얼굴, 그 옆에는 조카 녀석의 얼굴, 그 옆은 누군지 모르겠지만 조카 녀석의 얼굴을 제법 닮은 것을 보니 조카 녀석의 아들일 게다.

가장 보고 싶은 손녀의 얼굴은 가문의 초상화 중에는 없었다. 서재에 걸려 있는 초상화들은 이곳의 주인들을 상징적으로 나타내니까.

다다다닥.

그때, 밖에서 소란스러운 소리가 들려왔다. 그 덕에 퍼거슨 씨와 아그레스의 입씨름도 끝이 났다.

"내 방어 마법이 이곳에 걸려 있었네. 허허, 내 방어 마법 덕에 내가 온 것이 드러나게 됐군."

대마법사가 말했다.

물론 그가 아닌 다른 자가 이 서재에 나타났더라면 어떻게 되었을까?

생각만 해도 끔찍했다.

김춘추는 대마법사가 후작의 지위를 내놓고 떠났을 때, 마지막 이곳에 어떤 마법을 걸어 놓았을지 생각하기조차 싫었다.

그러니 50년 그 긴 세월 동안 이곳은 철저하게 후작가의 저택 한구석에 방치되어 있을 수 있었겠지.

물론 대마법사가 떠나왔을 때와 마찬가지로 보존 마법을 걸어 두었기에 이곳의 서재는 그 어떤 방보다 잘 보존되어 있었다.

탁탁탁.

서재 밖에서 서재 문을 두드리는 소리가 들렸다. 안에서 열지 않으면 절대로 열 수 없는 문이었다.

'저것도 마법으로 만들어졌겠지.'

김춘추는 문을 바라보면서 생각했다.

대마법사는 무언가 결심한 사람처럼 문으로 향했다.

그리고 간단한 손짓 한 번으로, 밖에서 그렇게 열려고 난리쳤어도 열리지 않던 문이 활짝 열렸다.

동시에 기사들과 하인들, 그 뒤에 베네치 후작의 눈이 휘둥그레졌다.

대마법사의 귀환.

물론 그분의 얼굴을 직접 본 적은 없지만, 이 베네치 후작가의 사람이나 이곳에서 일하는 이들이라면 대마법사의 얼굴을 모르지 않는다.

저택 곳곳에 그의 초상화가 걸려 있으니까.

"대… 대마……."

다들 제대로 입을 열지 못하고 멍하니 서 있었다.

베네치 후작은 용기를 내어 기사들과 하인들을 제치고 대마법사의 앞에 다가섰다.

동시에 기사들과 하인들이 맥없이 쓰러졌다.

깜짝 놀란 베네치 후작은 대마법사를 바라보았다. 대마법사의 갑작스런 귀향에, 그는 아직까지 김춘추와 그 일행이 눈에 들어오지 않았다.

"어떻게……?"

"저들을 기절시킨 것은 미안하다."

대마법사, 트리니 트러클 피센 베네치는 조카의 아들을 다정한 눈길로 바라보았다.

"아닙니다. 이렇게 돌아와 주신 것만 해도 가문의 영광입니다."

"나는 돌아온 게 아니야. 내가 온 것은 비밀이다."

대마법사는 그렇게 말하고는 김춘추에게 시선을 돌렸다. 그러자 김춘추가 재빨리 대마법사의 옆에 다가와 서서 자신들을 소개했다.

"게리 커크라고 합니다. 커크 상단을 운영하고 있습니다."

"그, 그런데요?"

대마법사의 뜬금없는 소개와 김춘추의 말에 베네치 후작은 아직 상황을 파악하지 못해서 더듬거렸다.

"곡물을 사고 싶습니다."

"곡물을 사고 싶다고요?"

"사이온 평야에서 나는 곡물 태반을 유통하고 있다고 들었습니다."

"전부 위대하신 대마법사님, 선조님의 놀라운 은덕이지요."

베네치 후작은 자랑스럽게, 자신의 선조인 대마법사를 바라보았다.

그가 베네치 후작의 가문을 열고 6서클의 지위에 오르자, 황제는 그에게 사이온 평야에서 나는 곡물을 유통할 수 있도록 해 주었다.

그 후, 대마법사가 7서클에 오르자 베네치 후작가에 대한 호의는 더 깊어졌다.

비극이 가문에서 일어났다고는 하나, 대륙 유일의 7서클을 배출한 가문이라서 그런지 여전히 황실은 베네치 후작가에 곡물 유통권을 허용했다.

그 덕에 아버지 대를 거쳐 지금의 베네치 후작은 탄탄하게 곡물 상단을 운영할 수가 있었다.

물론 언젠간 대마법사가 돌아올 것을 기대했다. 그뿐만 아니라 황실에서도 마찬가지였다.

그런 기대감이 있었기에 베네치 후작가는 여전히 탄탄대로를 달릴 수가 있었다.

만약 대마법사가 떠나지 않고 그대로, 아니 조금만 더 후작가에 머물러 있었다면 황실에서는 공작의 지위를 내렸을 것이다. 어쩌면 공국이 되었을 수도 있고.

물론 공작이든 공국이든 대마법사에게는 루머스 제국이 한없이 우습게 보였겠지만.

"곡물을 사러 오신 겁니까?"

베네치 후작이 대마법사를, 조금은 원망하는 눈빛을 띠면서 물었다.

"그렇게 됐어. 저 애들이 지불하는 금화만큼 곡물을 파시게."

"곡물이야 얼마든지 있습니다. 안 그래도 4년 내내 대풍년이라 창고가 모자를 지경이었습니다."

베네치 후작이 말했다.

"잘됐네."

대마법사의 말은 그것이 끝이었다.

베네치 후작은 다소 아쉬웠다.

대마법사 가문의 핏줄인 자신이 아닌, 겨우 상단 나부랭이들에게 관심을 쏟는 대마법사가 서운했다.

그렇다고 대놓고 항변할 수는 없는 법.

'이제 내 차례군.'

그때, 대마법사의 옆에 서 있던 김춘추가 앞으로 나왔다.

"자, 흥정해 볼까요?"
베네치 후작을 향해서 그가 씨익 웃었다.

◈ ◈ ◈

베네치 후작과의 흥정은 순조롭게 진행되어 갔다.
나머지 일행은 서재에 앉아 김춘추와 베네치 후작의 협상 장면을 지켜보았다.
"이 많은 것을 전부 사시겠다는 말씀입니까?"
김춘추가 부른 곡물량을 보고 베네치 후작은 눈이 휘둥그레졌다.
4년 동안 팔고 남은 곡물뿐 아니라 올해 팔려고 준비하고 있는 곡물 전부를 사겠다는 것이다.
리디아 역시 김춘추의 배포에 고개를 저었다.
저 정도의 곡물이라면 대륙 전체의 사람들이 1, 2년을 충분히 먹고도 남을 양이었다.
"금화가 충분하니까."
김춘추의 대답은 단순했다.
그들이 갖고 있는 금화 전부를 투자하겠다는 것이다. 곡물에.
'무슨 생각이 있으시겠지.'
리디아는 김춘추를 믿기로 했다.

지구에서도 김춘추는 뛰어난 사업가였다. 몇 달을 함께 있으면서 그가 얼마나 빠른 속도로 대한민국 내 사업가로서 성장했는지를 잘 아는 그녀였다.

베네치 후작과의 거래는 단숨에 끝났다.

대마법사, 베네치 후작가를 연 그가 있는데 감히 베네치 후작이 다른 생각을 품을 수가 있겠는가.

후작은 사람들의 눈을 피해서 이들 일행을 창고로 데려갔다.

대마법사의 아공간은 무궁무진하다.

더구나 김춘추, 리디아, 캘리 공녀 역시 아공간을 가지고 있었다. 물론 캘리 공녀야 그다지 도움은 되지 않겠지만.

사이온 평야에서 4년 동안 모아 놓은 곡물들은 순식간에 이들의 아공간으로 빨려 들어갔다.

그 광경을 지켜본 베네치 후작의 입이 딱 벌어졌다.

대륙에서 마법사란 존재는 희귀하다.

베네치 후작가가 아무리 대마법사를 배출한 가문이라고는 하나 그 후손들 중 마법사의 재능을 가지고 태어난 자는 다시는 없었다. 마치 하늘이 베네치가의 모든 마법적 재능을 대마법사에게 한꺼번에 몰아 준 것만 같았다.

그런데 지금 눈앞에서 마법사들을 한꺼번에 보고 있자니, 마법사란 존재의 가치가 얼마나 대단한지, 왜 황제가 그토록 대마법사를 찾고 또한 리스트란 공작가가 대마법사를 찾는지 이해가 되었다.

"한 가지 청이 있다. 내가 찾아온 것은 비밀로 해 다오."
대마법사가 온화한 미소와 함께 말했다.
"황실에서 오랫동안 찾고 계십니다. 그리고… 리……."
베네치 후작은 리스트란 공작가의 이름을 거론하려다가 재빨리 입을 다물었다. 리스트란 공작가에서 찾는 것은 비공식적인 일이었기 때문이다.
"알고 있다. 이럴수록 너는 더욱 행동을 조심해야 한다. 황실과 공작가에서 피비린내가 날 수 있다."
"……."
베네치 후작은 꿀 먹은 벙어리처럼 서 있었다.
그도 지금 황실과 공작들의 얽히고설킨 관계를 잘 안다.
그중 리스트란 공작가가 가장 강력한 힘을 발휘하고 있었다.
베네치 후작도 암암리에 리스트란 공작가를 미는 중이었다. 리스트란 공작가는 엄연히 황실의 핏줄이었기 때문이다. 다른 공작가에 비해서 명분도 훌륭했다.
"절대 리스트란 공작가와 얽히지 마라. 내 가문을 지키고 싶다면 너는 내 명을 지켜야 할 게다."
대마법사가 낮은 어조로 말했다. 하지만 그 말에는 강력한 힘이 담겨 있었다.
그 말을 듣는 베네치 후작의 사지가 떨려 왔다. 대마법사의 눈이 자신을 향해 꽂혀 있었기 때문이다.
그것만으로도 온 세상이 한순간에 사라졌다는 느낌이 들

정도로 두려움이 몰려왔다.

"죽음은 이것과 별다르지 않다. 네놈은 죽으면 그만이지. 하지만 베네치 후작가를 멸문당하게 할 수는 없다."

대마법사가 베네치 후작을 보면서 말했다.

그렇게 한순간에 죽음, 그 공포를 경험한 후작은 고개를 끄덕였다.

"명심하겠습니다."

"이 순간부터 상단을 닫고, 후작가의 문을 닫아라. 내가 다시 명을 내릴 때까지 너는 함부로 움직이지 마라. 이미 금화가 창고에 충분하니 너와 가문을 먹여 살릴 걱정은 할 필요 없겠지."

대마법사의 말은 베네치 후작으로서는 그야말로 날벼락이었다.

"황실에는 뭐… 뭐라고……."

"네놈이 병이 들었다 하면 되지 않는가? 아니, 병이 들었지."

대마법사는 베네치 후작의 태도가 석연치 않았다.

분명 이대로 돌아가면 저 후작 놈은, 조카 아들놈은 황실이나 리스트란 공작가에 자신이 왔다는 것을 이를 게 분명했다.

대마법사가 무언가 중얼거렸다. 순간, 베네치 후작이 휘청거린다.

"너는 병이 들었다. 다행히 내 말을 잘 듣고 있으면 죽지 않는다. 이 저택에서 평화롭게 요양이나 해라."

"……."

베네치 후작은 자신의 기사나 하인들이 그랬던 것처럼 그대로 바닥에 쓰러졌다.

그런 대마법사의 행동을 보고는 김춘추가 말했다.

"와우, 너무하시네요."

"어쩔 수 없지. 나는 아직 세상에 드러나고 싶지 않네."

대마법사가 바닥에 쓰러져 있는 베네치 후작을 안타깝게 보면서 말을 이었다.

"그리고 이놈을 위해서도 이게 좋지."

"그렇긴 하군요."

김춘추 역시 베네치 후작을 잠시 내려다보면서 생각했다.

기절에서 깨어난 베네치 후작이 자신에게 벌어진 일을 알면 얼마나 깜짝 놀랄까.

아니다.

대마법사가 친절하게 정신 마법을 걸어 놨으니, 아마 자신도 모르게 금화가 있는 곳을 찾겠지.

그리고 자신이 병이 걸렸단 사실도 깨달을 테고.

그다음 순서는 대마법사의 말대로, 마치 자신의 의지처럼 가문을 닫고 상단을 닫고, 휴식을 취하겠지.

대마법사가 다시 가문을 찾아오는 그날까지.

그가 방문했던 모든 기억은 베네치 후작이나 기사들, 하인들에게는 감쪽같이 사라졌을 터다.

'정신 마법이라.'

김춘추는 7서클 마법의 위력이 얼마나 대단한지 몸으로 체험했다. 그리고 다시 한 번, 상위 마법에 대한 열정이 일어났다.

대마법사의 8서클을 향한 열망이 이해가 되는 순간이었다.

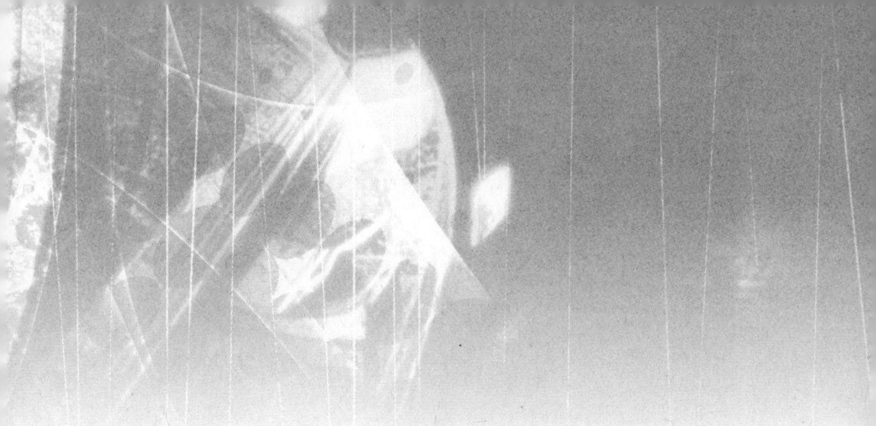

제10장

후지이라 가문 이야기

커크 상단이 지그에논 왕국으로 다시 돌아왔을 때는 20여 일이 흐른 뒤였다. 아공간의 크기 때문에 이동 마법진을 펼칠 수 없다는 대마법사의 이상한 이유가 그 원인이었다.

그 덕에 일행은 상단 마차와 말들을 준비해야 했다. 물론 용병들을 따로 고용하지는 않았다.

퍼거슨 씨의 배려와 아그레스의 질투 덕분에 코러스 산, 엘르 호숫가에서도 하루를 지낼 수 있었다.

그곳에서 일행은 약초들을 마음껏 따서 포션으로 만들었다.

이런 연유로 김춘추는 대마법사의 이상한 궤변을 묵과한 것이었다. 리디아에게 다소 미안했지만, 무작정 곡물만 가지고 가는 것보다는 포션 등 충분히 자산 가치가 되는 것들을 확보하는 편이 상단에게 이익이 된다.

모든 금화를-물론 김춘추가 자신의 몫으로는 다른 물건을 구입했지만- 곡물에 투자한 이상, 엘르 호숫가에서 나는 약초로 만든 포션은 이들에게 주는 의미가 매우 컸다.

그렇게 고급 포션을 챙긴 일행은 지그에온 왕국으로 되돌아왔다.

"당분간 시간이 필요하겠지?"

김춘추는 리디아를 보면서 물었다.

이제 이 곡물들을 가지고 귀족들과 흥정하는 것은 지그에논 황실의 몫이다.

그리고 그 영지에서 나는 세금 중 3퍼센트를 지그에논 왕실은 커크 상단에게 주기로 했다. 적어도 50년 동안 말이다.

그 정도면 장기적으로 봤을 때 김춘추와 커크 상단에게 매우 큰 이득가 되는 셈이었다.

물론 지그에논 왕국을 다시 제국의 이름으로 올려놓는다면 그 가치는 더욱 어마어마해질 것이다. 어차피 지금의 왕실로서는 김춘추와의 거래는 전혀 손해가 아니었다.

"제가 이곳에 남아 있어도 될까요?"

리디아가 걱정스런 눈빛으로 물었다.

"그래 봐야 한 달인데."

"이거 빌려 드릴게요."

말과 함께 리디아는 그분이 남긴 단검을 내밀었다.

"이걸?"

"어차피 저는 최소 한 달 동안은 이곳에 발이 묶여요. 모두가 도와준 일인데 제가 나 몰라라 하고 오빠를 따라갈 수도 없으니. 그리고 돌아가시면 한기 삼촌이 오빠를 그대로 놔둘 것 같지도 않고요."

리디아가 싱긋 웃으면서 말했다.

'그렇지. 티페가 있군.'

김춘추는 티페, 한때 신 김춘추였던 김한기를 떠올렸다.

판테온에 같이 넘어가지 못해서 지금쯤 무척 약 올라 있을 것이다. 리디아가 내민 단검으로 다음번에는 그를 데려올 수가 있다. 그 정도면 그를 달래기에 충분하겠지.

"같이 데리고 올게."

"다른 이들이 오기 전에 얼른 가세요."

리디아의 말에 김춘추는 고개를 끄덕였다.

아그레스나 퍼거슨은 반지에 대해서 알기에 그들의 눈앞에서 사라져도 문제가 없다. 하지만 캘리 공녀나 루돌프는 아직 아그레스의 신분이나 김춘추의 내력, 리디아가 김춘추를 어떻게 만났는지 모르고 있었다.

아무리 루머스 제국을 도망쳐 나왔다고 하나 드러낼 수는 없었다. 아직까지는 말이다.

김춘추는 오른 손가락에 겹쳐 있는 4개의 반지를 보았다.

의념 하나만으로도 반지들이 허공에 솟구치기 시작했다.

다음 순간, 김춘추의 모습이 리디아 앞에서 사라졌다.

✦ ✦ ✦

김춘추와 리디아의 예상대로, 처음 김춘추를 본 김한기는 날뛰었다. 하지만 이내 리디아가 건네준 단검을 보자 눈 녹듯이 분노가 풀려 버렸다.

다섯 번째 반지를 찾으러 갈 때는 꼭 함께 간다는 증거로 아예 단검을 김한기가 가지고 있었다.

"그게 그렇게 좋아?"

김춘추가 어이가 없다는 표정으로 물었다.

"재밌잖아."

"저런."

그런 김한기의 모습에서 김춘추는 두 드래곤을 발견했다.

'재밌다……. 중간자들은 이런 건가?'

김춘추는 잠시 생각에 잠겼다.

늘 새로 태어나도 전생의 기억을 갖는다.

그 기억이 그를 때로는 치열하게, 때로는 무기력하게 만들었다.

재밌다……. 인생을 그렇게 보낸 적이 있던가?

어떻게 하면 저들은 이런 우리네 삶을 '재밌다.'라는 한마디로 규정할 수 있을까?

모르겠다. 아직은.

김춘추는 고개를 저었다.

"참, 달러화 하락 현상이 너무 지나치다고 생각되지 않아? 이거 세계가 어떻게 돌아가는 거야? 난 이런 거 보면 머리가 빙빙 돈다."

김한기가 보고서를 건네주면서 말했다.

"다 예측했던 일이야."

하나, 보고서를 건네받으면서 김춘추는 고개를 끄덕였다.

플라자 합의는 미국 플라자호텔에서 G5 경제 선진국(프랑스, 서독, 영국, 미국, 일본) 재무장관과 중앙은행 총재들의 모임에서 발표된 환율에 관한 합의를 가리킨다.

이 합의에서 미국 달러화의 가치를 내리고 일본 엔화와 독일 마르크의 가치를 높이는 정책이 채택되었다.

사전에 이런 움직임을 감지했던 김춘추는 이미 일본에서 무함마드 왕자에게 이 사실을 말해 준 적이 있었다.

그의 미국 친우들과 정보통에게서 날아온 정보를 분석해서 얻은 결론이었다.

미국 내에서는 외국과의 경쟁을 위해서 자국의 산업을 보호할 것을 요구하는 캠페인이 거세졌다. 그리고 이러한 캠페인은 마침내 미국 의회가 자국을 위해서 무역보호법을 통과시키도록 했던 것이다.

김춘추는 재빠르게 대한투자벤처회사를 앞세워서 투자

를 시작했다. 미국 현지의 기업들에 대한 투자는 물론이고 한국, 그리고 가장 영향을 받고 있는 일본에 대한 투자를 은밀하게 움직였다.

일본의 경우, 그는 후지이라 가문을 움직일 수 있었다.

한때 일본 최강의 가문이었던 후지이라 가문은 현대에 와서는 제대로 맥을 못 추고 있지만, 정통 명문 가문이니 김춘추가 도와주면 일어서는 데에는 오랜 시간이 걸리지 않을 것이다.

그리고 일본 내 투자를 은밀하게 진행시키는 데 후지이라 가문은 그에게 최적의 대상이었다.

플라자 합의 이후, 많은 이들은 일본에서 급속한 엔고가 일어날 것을 걱정했다.

하지만 김춘추는 일본은행이 기준 금리를 인하하지 않으리라는 것을 알고 있었다.

그는 그사이 차액 이익을 보는가 하면, 일본은행이 결국 저금리 정책을 인정하고 그것을 펼치자 발 빠르게 움직였다.

이런 일사불란한 행동에 대해서 김한기는 혀를 내두르고 있었다.

일개 개인도 막상 주식 투자를 시작하면 길을 잃는다. 밖에서 보기에는 쉬운 듯하나 막상 그 안을 들어가면 너무도 많은 변수에 의해서 제대로 된 결정을 내릴 수가 없다.

생각해 보라. 일직선으로만 나아가면 길이 나오는 밀림에 들어갔다 치자.

다들 일직선으로 계속 가면 된다. 그런데 대부분의 사람들은 헤어 나오지 못하게 된다. 왜?

밀림 속에 들어가면 많은 위험이나 변수를 맞닥뜨린다. 길을 가다가 맹수를 만나기도 하고, 개미 같은 작은 곤충이 생명에 위협을 주기도 한다.

태양을 보고 계속 길을 가면 된다고?

하지만 밀림 속은 나무들이 하늘을 가릴 만큼 우뚝 성장해 있다. 그러다 보니 일직선의 길은 어느새 사라지고 갈 길을 빙빙 돌게 된다.

답을 알아도 그 답대로 제대로 사는 인생은 쉽지 않다.

김한기는 인간들의 삶을 오래 내려다보았고, 이곳에서 몇 십 년 동안 신 김춘추로서 돈을 받고 자문 아닌 자문을 해 주면서 더욱 그것이 어렵다는 것을 잘 알고 있었다.

그에게는 이상한 일이었지만, 대부분 그가 일러 준 답대로 나아가는 자들은 별로 없었다.

그럴 거면 뭐하러 점을 치러 오는가? 싶을 정도로 의문이 들 지경이었지만.

결국은 그렇다.

그런데 김춘추는 다르다. 그냥 답을 보고 있는 것 같다. 그리고 그 답대로 정확하게 찍는다.

어떤 변수도 그를 막지 못한다.

"왜 그렇게 봐?"

김한기의 시선을 느꼈는지 김춘추가 물어 왔다.

"네놈이 신기해서."

"별게 다 신기해."

김춘추가 보고서를 내려놓으면서 말을 이었다.

"일본 좀 갔다 올게."

"오자마자 또 날라?"

"판테온에 가는 게 아니잖아. 일본에 갔다 올 일이 있어."

"너 찾는 사람 많다."

투덜대는 김한기를 향해 김춘추가 엄지손가락을 척 올리며 대꾸했다.

"바로 지적인데. 금방 다녀올게. 그 사이 적당히 핑계 대 줘."

"내가 네 뒤처리꾼이야?"

"아니, 앞처리꾼이야."

김춘추가 하얀 이를 내보이면서 소리 내어 웃었다.

"제길, 잘 다녀와."

어쩔 수 없다는 듯이 김한기는 어깨를 으쓱거렸다.

일주일에서 하루 이틀 더 사라졌다고 해서 별일이야 있겠는가.

그 길로 김춘추는 일본행 비행기를 타고 후지이라 가문의 본산이 있는 나라로 향했다.

나라는 한때 일본의 가장 오래된 수도였던 만큼 과거의

흔적이 고스란히 담겨 있었다.

절과 산사가 유독 많은 곳이자 일본불교 화염종 대본산이 있는 곳이었다.

그리고 그곳은 후지이라 가문과도 깊은 관계가 있었다.

아스카 시대, 나라 시대, 헤이안 시대, 가마쿠라 시대를 거쳐 오랜 시간 일본 황실과 정, 재계에 그 힘이 뻗어 있던 만큼 후지이라 가문 본산의 크기는 실로 그 위용이 대단했던 것이다.

김춘추가 비행기를 타기 바로 직전 본산을 방문하겠다는 통보를 했음에도 불구하고, 그가 공항에 내리자 후지이라 가문에서 파견한 차기 후계자와 비서실장, 기사들이 줄줄이 대기하고 있었다.

그를 태운 승용차는 가주가 특별히 가꾸어 온 정원으로 안내되었다.

"직접 모시러 가지 못해서 죄송합니다."

후지이라 가문의 가주, 야사시이 후지이라는 60대의 사내였다. 이마에 굵은 주름을 갖고 있었지만, 얼굴 위로 온화한 미소가 떠나지 않는 그런 사내였다.

하지만 그런 그조차 김춘추 앞에서는 긴장의 빛을 늦출 수가 없었다. 후지이라 가문의 시조, 하츠고 후지이라의 아버지인 중신겸족, 즉 후지이라노 가마타리였기 때문이다.

중신겸족은 한때 사이메이 천황의 시대를 거두고 나카노오에 황태자를 천황으로 내세우면서 막후 실력자로 등장했던 인물로서, 당대를 호령한 주술사이자 정치가, 일본의 전부라고 불렸던 사내였다.

그런 사내가 죽기 직전 다시 환생할 것이란 말을 남겼다.

다른 나라에 비해서 일본은 전통을 숭상하고 그것을 모신다. 중신겸족의 사당을 일본 곳곳에 설치한 것도 바로 그 유언이 현실화되기를 기원하는 마음으로서, 더욱 그를 숭상하고 가문의 일원들을 일치단결시켰다.

그 덕일까.

정말로 그가 나타났다.

죽기 직전, 중신겸족이 남겼던 갖가지 비밀의 답을 정확하게 말했던 사내. 일본인으로 태어난 것이 아닌, 비록 한국에서 태어났지만 그래도 후지이라 가문의 시조는 시조였다.

사실 후지이라 가문의 시조와 그 가족들, 아니 당시 천황까지도 부여에서 넘어오지 않았던가.

그들은 모두 부여의 왕족 출신들이었다. 그러니 후지이라 가문의 핏줄, 그 끝은 부여에 맞닿아 있었다.

물론 이러한 사실을 공공연하게 떠들지는 않는다. 후지이라 가문뿐 아니라 황실 역시 마찬가지였다.

그것은 공공연한 비밀이자 불편한 진실이었다. 과거 백제, 부여, 신라 등에서 귀족들이 넘어와 지금의 일본을 만들었다는 사실 말이다.

김춘추는 야사시이를 가만히 바라보았다.

그는 지금 자신에게 머리를 조아리고 있었다. 하지만 그의 눈빛은 흔들리지 않았다. 가주답다.

"굳이 가주께서 오실 필요까지는 없습니다. 일본 정세가 숨 가쁘게 돌아가니 아무래도 잠시 점검할 필요성을 느껴서 짬을 내었을 뿐입니다."

김춘추는 정중한 어조로 말했다.

자신이 과거, 중신겸족이었다고 해도 지금 그는 20살의 젊은이에 불과하다. 60살이 넘은 후지이라 가주에게 반말을 하는 것은 편치 못했다.

"말씀 낮추십시오."

가주는 몸 둘 바를 몰라 했다.

그들에게 있어서 중신겸족은 신이었다. 단순히 시조, 그 이상의 의미였다.

그가 주술사로서 그 당시의 활약이 어떠했는지, 오랜 세월이 흐르면서 점점 살이 불어나서 중신겸족 그 자체가 신격화되어 있기도 했다.

물론 중신겸족의 환생 그 자체는 가주 외 직계만이 아는 비밀이었다. 당시 중신겸족을 모시던 사당의 신쇼쿠, 하츠메 후지이라의 입은 단속했다.

아니, 하츠메 후지이라는 지금 중신겸족, 즉 김춘추와 후지이라 가문의 연결 통로 역할을 맡고 있었다. 이는 하츠메에게는 굉장한 영광이었다.

김춘추는 자신의 환생에 대해서 비밀을 원했고, 가주는 그 판단이 옳다고 여겼다. 한국인이라는 사실은 일본 내에서 상당히 불편한 진실에 속하니까.

한일 합방과 일제 치하를 거친 한국이 일본을 싫어하는 것만큼, 일본 내에서도 한국에 대한 여론이 좋지 못했다.

김춘추는 자신의 방문을 극비로 부쳤고, 또한 자신을 대할 때 가주의 예법을 생략시켰다.

하여, 후지이라 가문의 적대 세력에서 혹시라도 염탐꾼을 보내 봤자 특별하게 얻을 게 없다.

김춘추는 그저 일본 내에서 사업을 펼치는 사업가에 불과해 보였고, 후지이라 가문이 사실상 그의 지배하에 있다는 것은 아무도 몰랐다.

"말씀하신 대로 부동산이 엄청난 속도로 오르고 있습니다."

가주 야사시이가 나지막하게 말했다. 그의 목소리는 무척이나 떨렸다.

만약 김춘추의 도움이 없었다면 지금쯤 야사시이는 땅을 치고 후회했을 것이다. 자신이 내린 결정 하나가 가문이 다시 일어날 수 있는 기회를 고스란히 차 버리는 결과를 가져왔을 테니 말이다.

후지이라 가문은 1970년대에 들어서면서 점점 하락세를 탔다. 80년대에는 사당을 잘 유지할 수 없을 정도로 방계에서 들어오는 수입도 사라졌거니와 여러 가지 수세에 몰려 있었다.

그런데 그때 김춘추가 나타났다.

그는 후지이라 가문이 가문의 유지를 위해 어쩔 수 없이 내놓은 땅들을 모두 사들였을 뿐만 아니라 나라, 동경 등 수많은 땅들, 부동산 등을 후지이라 가문의 이름으로 구입했다. 심지어 대출까지 서슴지 않았다.

처음 그 결정에 대해서 가주는 의아해했다. 하지만 중신 겸족이었던 그를 믿고 신뢰했다.

"가주께서 잘 따라 주신 덕분입니다."

김춘추는 빙그레 웃었다.

이제 후지이라 가문이 일어서는 것은 시간문제다.

지금 일본은행은 저금리 정책을 발표했다. 모든 자금이 해외투자로 다각화된 것이 아니라 오히려 부동산 구입 등으로 난리가 났다.

작년에 10억 엔 하던 동경 건물은 어느새 20억 엔을 넘어서고 있었다. 100억 엔까지 간다고 보는 이들도 있을 정도였다.

게다가 김춘추가 벌인 사업은 그것뿐이 아니었다. 환율 차이가 벌어질 것을 보고 환 차이에 의한 반사이익을 갖는 기업체들의 주식 매입을 서둘렀다.

모든 것이 기가 막힌 타이밍이었다.

후지이라 가문의 가주로서 야사시이조차 혀를 내둘렀다.

적은 금액도 아니고, 모든 것을 던지는 투자를 과연 자신이 할 수 있을까?

자신 역시 과감한 사업을 벌인다는 소리를 들었던 사람이다.

가문을 위해서 오랜 세월 상속되었던 땅까지 기꺼이 내놓을 줄 아는, 고리타분하지 않은 사람이라고 자부해 왔는데.

김춘추를 보니 그것은 가문을 지키는 일이 아니었다. 땅을 팔아 가문을 유지한다니.

김춘추를 보면 볼수록 야사시이는 무척 부끄러웠다.

하마터면 가문을 몰락시킬 뻔했다.

지금 이렇게 부동산이 올라가는데, 그 땅들을 헐값에 팔았더라면…….

정말이지 생각하기도 끔찍했다.

야사시이 후지이라는 김춘추를 다시 한 번 올려다보았다.

정원에 가꾸어진 연못 속에서 비단잉어가 노니는 게 보였다. 김춘추는 그 모습을 물끄러미 바라보고 있었다.

그의 모습에서 언뜻 사당에 모신 중신겸족의 초상화, 그 느낌이 전해져 왔다.

주술사, 정치가, 일본의 전부라고 불렸던 사내.

중신겸족, 그의 이름은 김춘추였다.

7권에 계속

www.mayabook.co.kr

www.mayabook.co.kr